Charmed™

LE SECRET DES DRUIDES

Une novélisation d'Eloise Flood
d'après la série télévisée « Charmed »
créée par Constance M. Burge

Fleuve Noir

Titre original :
The Legacy of Merlin

Traduit de l'américain
par Florence Mantran

ISBN : 2-265-07318-0

— Qui êtes-vous ? insista Prue. Et qu'est-ce que vous voulez à Phoebe ?

— Qu'est-ce que Phoebe vient faire dans tout cela ?

Niall commençait à montrer de l'agacement.

— Vous ne le savez pas, peut-être ? demanda Piper avec colère. Avouez plutôt que vous avez monté tout ça pour vous emparer du Pouvoir des Trois ! Mais vous n'y arriverez pas ! On ne vous laissera pas faire !

— Le pouvoir de... quoi ? répéta-t-il en regardant les deux sœurs l'une après l'autre. Écoutez, je ne comprends rien à ce que vous me dites, et je ne reste pas une seconde de plus ici ! Dites à Phoebe que je la retrouve en bas.

Sur ces mots, Niall se leva et se dirigea vers la porte.

— Vous ne sortez pas d'ici ! s'interposa vivement Prue.

Sans même décroiser les bras, elle fit un geste de la main... qui envoya Niall valser à travers la pièce, avant d'atterrir dans le fauteuil d'où il venait de se lever.

Stupéfait, il articula :

— Vous... vous êtes une sorcière ?

— Si c'est à ça que vous voulez jouer, oui, je suis une sorcière. Mes sœurs aussi.

— Et pas les moins puissantes, crut bon d'ajouter Piper. Croyez-moi, il vaut mieux éviter de s'opposer à nous. Je vous suggère donc fortement de nous dire ce que vous voulez.

1

Les paumes plaquées contre la vitre de la navette qui les ramenait de l'aéroport, Phoebe Halliwell contemplait la campagne anglaise balayée par la pluie.

— Regardez, en haut de la colline, il y a un château en ruine ! Je me demande ce que c'est.

— Ne t'affole pas, lui répliqua Prue, sa sœur aînée. Ce n'est pas Camelot.

— Tu es sûre ? plaisanta Piper, la cadette des trois Halliwell. J'aurais pourtant juré voir Lancelot arriver au galop devant le pont-levis. Je reconnaîtrais son armure entre mille. Et son heaume, gravé d'une hure…

— Oui, et moi, je vois les chevaliers de la Table ronde, chaque nuit dans mes rêves, railla Prue en faisant mine de s'extasier.

— D'accord, d'accord, lâcha Phoebe avant de se laisser tomber sur la banquette. Je reconnais que je fais un peu une fixette sur la légende du roi

Arthur. Mais vous oubliez que c'est là que tout est arrivé ! On est au pays de Galles, au cœur de son royaume ! Vous ne sentez pas la magie qui plane par ici ?

— Justement, j'essayais de l'ignorer, rétorqua Piper. On est en vacances, rappelle-toi.

— De toute façon, ce ne sont pas les chevaliers qui m'intéressent, avoua-t-elle. C'est Merlin… un personnage tellement fascinant.

— J'ignorais que tu avais un faible pour les vieillards.

— Ce n'est pas ce que je voulais dire, tu le sais très bien. Mais, tu vois, s'il était jeune et beau… Ça serait génial d'avoir un petit ami qui donne dans la magie, non ?

— Phoebe ! lui lança Prue en roulant de gros yeux vers le chauffeur.

Qui, bien sûr, ne prêtait aucune attention à leur conversation. Assises dans le fond du minibus, seules passagères à bord, elles pouvaient parler à leur guise. Mais Prue avait cette manie d'être toujours trop prudente.

Cependant, il fallait bien admettre que sa sœur avait de bonnes raisons de s'inquiéter. Car chez les Halliwell, on avait un gros secret à gérer : Prue, Phoebe et Piper étaient sorcières. Trois des plus puissantes sorcières de l'histoire : les *Charmed*. Elles descendaient d'une longue lignée de magiciennes qui consacraient leur vie à combattre les forces du mal. Et, depuis le jour où elles avaient découvert leurs incroyables pouvoirs, elles étaient harcelées par toutes sortes de créatures de l'ombre : sorciers, démons ou autres entités plus terribles encore.

— Hay-on-Wye, mesdames, annonça soudain le chauffeur. Devant vous, sur la gauche, voici ce qui reste du château de Hay. Il a été construit au XIIIe siècle par Lady Mathilda de Hay. On raconte que c'était une géante, qui avait le pouvoir de jeter d'énormes blocs de pierre jusqu'au-delà de l'horizon, et qu'elle dévorait tous ceux qui lui déplaisaient.

— Excellent ! s'exclama Phoebe, le nez de nouveau collé à la vitre.

Ils venaient d'entrer en ville, et la navette traversait un vieux quartier dont les rues étaient bordées de maisons plus anciennes les unes que les autres.

— Il faut avouer qu'ici on n'a pas les mêmes légendes qu'à San Francisco, remarqua Prue en rejetant en arrière sa longue chevelure brune. Je me demande où se trouve la librairie d'Evan Rhys. J'ai rendez-vous avec lui dans… hum… trois heures. Il possède un livre d'Heures datant du Moyen Âge, qui est peut-être ce que je cherche.

— Tu commences déjà à travailler ? s'étonna Piper. Tu ne perds pas de temps, dis donc. Moi qui croyais pouvoir profiter de notre première journée ici pour me balader en ville et faire un peu de tourisme…

— Ne vous privez pas, toutes les deux, leur dit Prue. Moi, je suis ici en mission. Et Lloyd Claiborne me paie cher pour lui dégoter des livres anciens.

— Le boulot avant le plaisir, commenta Phoebe en souriant. Je te reconnais bien là, Prue.

Parfois, elle regrettait de ne pas avoir la force de caractère de sa sœur. *Prue sait toujours où elle va, dans la vie*, songea-t-elle avec amertume. *Alors que moi, j'ai parfois du mal à savoir où je me trouve… Et c'est moi qui ai des visions !*

Le minibus s'arrêta devant une jolie demeure de briques recouvertes de lierre, située en bordure du centre-ville.

— Voici l'hôtel Trelawney, annonça le chauffeur.

Après lui avoir réglé sa course, Piper descendit la dernière et rejoignit ses sœurs à la réception. Déjà, on leur avait remis les clés de leur suite et, sans attendre, les trois filles montèrent s'y installer.

L'endroit était charmant avec ses rideaux blancs et ses murs recouverts de papier fleuri. La chambre à coucher comportait un grand lit double, et le salon était meublé d'un divan, d'un fauteuil et d'un lit d'appoint. Aussitôt, Phoebe s'y vautra pour tester la fermeté du matelas, puis lança :

— Parfait ! Moi, je dors ici. Merci, monsieur Claiborne. Prue, comment fais-tu pour tomber sur des clients aussi riches ? Il nous installe carrément dans une suite ! Et dans un hôtel superchic, en plus.

— Je ne sais pas… Cet homme a de la classe, voilà tout.

Sortant une trousse de toilette de sa valise, elle ajouta :

— Puisque c'est grâce à moi que vous avez ces vacances, je revendique le premier tour sous la douche.

— On n'a pas le choix, n'est-ce pas, Phoebe ?

— Oui, elle est trop gâtée…

Avant de s'enfermer dans la salle de bains, Prue sortit la tête et lança avec un petit sourire :

— Juré, j'essaie de laisser un peu d'eau chaude aux suivantes !

— Merci de ta générosité, répliqua Phoebe avant de déballer ses affaires.

Une heure et demie plus tard, fraîches et détendues, les trois filles ressortaient de l'hôtel. Prue portait une robe de lin bleu sans manches, tandis que Piper et Phoebe avaient simplement revêtu un jean et un T-shirt près du corps.

C'était une superbe journée de juin, et elles déjeunèrent à la terrasse d'un petit restaurant, face à la place du marché de Hay-on-Wye.

— C'est fou ce qu'il y a comme boutiques de livres anciens, dans cette ville, commenta Piper devant son café glacé. J'en ai repéré au moins dix, en chemin.

— Hay est connu pour ça, lui rappela Prue. Il y a beaucoup de vieilleries, aussi, mais c'est là que viennent s'approvisionner les collectionneurs du monde entier.

— Il y en a une qui a l'air très chouette, là-bas, fit remarquer Phoebe en indiquant un magasin au coin de la place. Et… vous avez vu son enseigne ? *Caer Wydyr* ! C'est cool !

Devant l'air parfaitement absent de Prue et de Piper, elle expliqua :

— C'est le nom du château de Merlin, en celte. Il l'aurait fait construire avec du verre magique. C'est là qu'il gardait ses livres de magie. Ça ne vous dit rien d'aller y jeter un œil ?

— Voilà qu'elle remet ça, avec ses histoires d'Arthur et compagnie, marmonna Piper.

— Bon, moi, il faut que j'y aille, déclara Prue en se levant. J'ai rendez-vous dans un quart d'heure. Qui veut m'accompagner ? N'oubliez pas que la librairie de Rhys est renommée.

— Moi, je viens, répondit Piper.

— Allez-y sans moi, enchaîna Phoebe. Je vous retrouve plus tard, à l'hôtel. Ce *Caer Wydyr* m'intrigue. Je veux absolument y faire un tour.

— D'accord, concéda Prue, un peu à contrecœur. Mais si c'est vraiment un magasin spécialisé dans la magie, promets-moi d'être prudente. On ne sait jamais sur qui on peut tomber dans ce genre d'endroit.

Phoebe ne put s'empêcher de rire. Parfois, Prue prenait les choses vraiment trop au sérieux.

— Ne t'en fais pas, lui répondit-elle en repoussant sa chaise pour se lever à son tour. Je vais juste fouiner un peu. Je ne vois pas ce qui pourrait m'arriver, de toute façon.

— C'est justement ça, le drame, rétorquèrent ses deux sœurs à l'unisson.

— Phoebe est bien capable de dégoter un livre de magie noire et d'invoquer un démon ou deux, marmonna Prue en marchant aux côtés de Piper.

— Ne t'inquiète pas, lui répondit sa sœur d'un air absent. Elle est plus raisonnable que tu ne le crois.

— Je sais, je sais... En fait, c'est plutôt toi qui m'inquiètes. Je te trouve bien calme, depuis ce matin. Il y a quelque chose qui te tracasse ?

— Non, ça va. C'est juste que...

Elle soupira en semblant chercher ses mots.

— Attends, laisse-moi deviner. C'est Léo, n'est-ce pas ?

De nouveau, Piper poussa un gros soupir.

— Oui... En fait, je me suis mise à repenser à tout ça quand Phoebe a dit que ce serait chouette d'avoir un copain qui donne un peu dans la magie.

Crois-en mon expérience, ça complique plutôt les choses.

Léo, le petit ami de Piper, en connaissait un rayon sur la magie. Il avait fait irruption dans sa vie un jour qu'il était venu effectuer quelques réparations dans leur maison de San Francisco. Assez vite, il s'était révélé bien plus qu'un simple ouvrier : c'était un Ange Blanc, une sorte d'ange gardien dont la mission était de protéger les bonnes gens – et les bonnes sorcières – contre les forces du mal.

— J'essaie, tu sais, mais je n'arrive pas à m'habituer à l'idée que c'est ça, son vrai boulot. Je sais que ce qu'il fait a beaucoup d'importance, mais je ne peux pas m'empêcher de lui en vouloir quand il est obligé de se volatiliser, comme ça, au beau milieu d'un dîner ou… d'autre chose.

Ses joues rosirent un peu à ces mots, ce qui arracha un sourire à Prue.

— Je me fais aussi un sang d'encre, poursuivit-elle, quand il doit affronter un puissant Ange Noir. Je sais qu'il est en danger, alors, et que je risque de ne jamais le revoir. À ce moment-là, je culpabilise d'être si égoïste, et, après, je lui en veux parce que je culpabilise à cause de lui… Ça paraît un peu compliqué, mais tu me comprends ?

— Je te comprends parfaitement, Piper, lui dit-elle en lui passant un bras autour du cou. Mais je trouve que tu gamberges trop. Le principal, c'est que tu aimes Léo et que, lui, il t'adore. Tu ne penses pas ?

— Si, bien sûr. Je sais que c'est ça qui compte.

— Alors, arrête de t'en faire, maintenant… Ah, je crois qu'on est arrivées.

Au-dessus de la devanture d'un magasin, une enseigne annonçait : Evan Rhys. Prue jeta un rapide coup d'œil à la vitrine puis poussa la porte d'entrée. Une clochette retentit alors qu'elles pénétraient dans la pièce fraîche et sombre, où flottait une odeur de parchemin et de vieux cuir.

— Ça ne nous prendra pas plus d'une heure, déclara-t-elle. Ensuite, si tu veux, on fera un peu de shopping. Ça te va ?

— Bien sûr ! sourit Piper en retrouvant soudain sa bonne humeur.

Tandis que Prue se dirigeait vers le fond du magasin, sa sœur se promena le long des étagères pleines à craquer, et sortit un livre au hasard. Il s'intitulait *Fleurs sauvages de Wye Valley* et regorgeait de ravissants dessins à l'encre de Chine.

— Pardonnez-moi, résonna alors une voix grave dans son dos.

Un homme au crâne dénudé, à la carrure imposante, vêtu d'une veste de tweed et d'un pantalon brun, se tenait derrière elle, le nez collé aux rayonnages. Il attrapa un livre de botanique, *Soin et Entretien des Roses*, dont Piper remarqua qu'il était de Percy P. Throckmorton, l'auteur de ses *Fleurs sauvages*.

Elle sourit et lui montra celui qu'elle venait de choisir.

— Ce M. Throckmorton a l'air d'en connaître un bout sur les fleurs, non ?

— Pardon... ? Euh... Oh, oui. Il enseignait la botanique à l'université. Un peu excentrique, d'après ce que l'on dit, mais un véritable spécialiste des roses. Je ne comprends pas pourquoi il perd son temps avec de telles niaiseries. Ce ne sont que des herbes, de vulgaires herbes...

— Vous trouvez ? Pourtant, ces dessins sont tellement jolis.

— Euh, oui, oui... répondit-il en se raclant bruyamment la gorge.

Il parut soulagé lorsqu'un assistant s'avança vers lui.

— Sir Andrew, lui annonça celui-ci, j'ai trouvé le livre sur le mildiou, que vous cherchiez. Il vous attend sur le comptoir.

— Ah, parfait, reprit Sir Andrew en se frottant les mains. Je vous suis, je vous suis. Euh... au revoir, mademoiselle.

— Au revoir, répondit Piper en souriant.

Le stéréotype même du châtelain anglais pur et dur, songea-t-elle, amusée. Continuant de feuilleter son livre sur les fleurs sauvages, elle s'apprêtait à le ranger lorsqu'une tête de chapitre retint son attention : « Petits Bouquets et autres Charmes d'Amour ».

Intriguée, Piper en parcourut quelques paragraphes. Apparemment, cet art de fabriquer des charmes d'amour à partir de fleurs sauvages relevait de toute une science. Pour garder un mari fidèle ou rendre un amant plus passionné, le mélange des fleurs n'était bien sûr pas le même. Selon la tradition, il suffisait ensuite de faire sentir le bouquet à l'homme de votre vie, et le charme agissait.

Et si j'en essayais un sur Léo, se dit-elle, soudain rêveuse. *J'arriverai peut-être à le mettre dans ma poche…*

Puisque Prue était totalement prise par son projet, et que Phoebe semblait s'immerger à fond dans ses histoires de chevaliers, il fallait bien qu'elle trouve à s'occuper, elle aussi. Chercher ces fleurs sauvages lui donnerait une bonne raison d'explorer la campagne qui entourait Hay-on-Wye.

— O.K., je me lance, murmura Piper en serrant le livre contre elle.

Arrivée à la caisse, elle régla ce qu'elle devait puis demanda au vendeur :

— Ma sœur est en train de discuter avec M. Rhys. Pourriez-vous lui dire de me rejoindre à l'hôtel, s'il vous plaît ?

— Bien, mademoiselle.

Elle sortit du magasin et se trouva un coin ensoleillé pour se plonger dans sa lecture.

Phoebe devait s'avouer qu'elle était un peu perdue. Elle saisit un imposant volume qui titrait : *Commentarius de Praecipuis Divinationum Generibus*. Ce *Divinationum* signifiait-il divination ou capacité de voir l'avenir ? Ce qui constituait son propre pouvoir, en fait. En dehors de cela, elle n'avait pas la moindre idée de ce que pouvait contenir ce livre.

Elle jeta un coup d'œil autour d'elle, dans l'espoir de trouver quelqu'un qui pourrait lui traduire ce titre, mais l'endroit était désert. La vendeuse elle-même avait disparu. Des grains de poussière scintillaient dans les rayons du soleil qui filtraient par les fenêtres. Au fond, contre le mur, une horloge comtoise égrenait lentement ses tic-tac.

Phoebe tendit le cou. La seule personne qu'elle voyait était un jeune homme, dans l'allée voisine. Déjà, elle l'avait remarqué en entrant, car il ne passait pas inaperçu avec ses longs cheveux bruns tirés en queue-de-cheval, son pantalon de cuir noir super-moulant, et la grâce féline avec laquelle il se mouvait. Cependant, ce n'était pas son style rock star qui allait faire de lui un bon traducteur de latin. Il devait se sentir tout aussi perdu qu'elle, dans cet endroit.

Phoebe choisit un livre qui avait l'air plus récent. *De Præstigiis et Incantationibus Dæmonium et Necromanticorum*, annonçait le titre.

— De mieux en mieux, soupira-t-elle. Jamais ça ne leur arrive d'écrire en anglais, comme tout le monde ?

Elle était venue pleine d'espoir chez ce Caer Wydyr. Une librairie de livres anciens, spécialisée dans les écrits sur la magie – que pouvait-on espérer de mieux ? Phoebe cherchait toujours à en savoir davantage sur le monde secret dont elle et ses sœurs faisaient à présent partie. Mais, passer au crible toutes les informations – vraies ou fausses – relatives à ce sujet était un travail de titan.

La seule œuvre dont elle avait réellement tiré quelque chose de significatif restait encore le *Livre des Ombres*. L'énorme volume de sortilèges, que l'on se transmettait de mère en fille dans la famille, contenait toute la sagesse accumulée au fil des siècles par les ancêtres Halliwell. Mais, aussi précieux qu'il soit, ce livre ne fournissait pas à Phoebe tout ce qu'elle voulait savoir. Il ne traitait pas de l'importance de la sorcellerie dans le monde, ni de son étendue, ni de son histoire.

Et ce n'est pas avec ces bouquins en latin que j'en apprendrai plus, songea-t-elle. Dépitée, elle se tourna pour ranger *De Præstigiis* sur son étagère mais se laissa surprendre par le poids du volume, qui menaça de lui glisser des mains. Comme elle le rattrapait de justesse, il s'ouvrit et quelques pages volèrent, laissant échapper ce qui ressemblait à un fragment de parchemin.

Après avoir soigneusement remis le livre en place, Phoebe se baissa pour ramasser le feuillet lorsqu'une main s'abattit brusquement sur la sienne pour l'en empêcher. Stupéfaite, elle leva les yeux… pour découvrir, accroupi devant elle, l'homme au pantalon de cuir.

Comment ne l'avait-elle pas entendu arriver ? Son visage à quelques centimètres du sien, Phoebe retint son souffle. Ses yeux avaient la teinte gris-bleu de l'océan après une tempête, et son regard féroce la transperçait littéralement. Pendant un instant, ils restèrent ainsi, immobiles, à se fixer. Puis elle sentit qu'il tentait de tirer sur le parchemin. Ce simple geste rompit le charme qui paraissait l'hypnotiser.

— Attention, vous allez le déchirer ! lui dit-elle.

— Il me le faut ! rétorqua-t-il en tirant dessus de plus belle.

Craignant de voir le fragile morceau de papier s'effriter sous ses doigts, Phoebe préféra lâcher prise.

— D'accord, vous avez gagné, observa-t-elle avec aigreur. Mais vous devriez faire attention ; ici, c'est comme partout : vous cassez, vous payez.

Sans prêter attention à ce qu'elle disait, l'homme

examina le feuillet avec attention puis, lâchant un soupir de désespoir, le laissa tomber au sol.

Phoebe lui jeta un regard interloqué. Qu'attendait-il donc de ce vieux bout de parchemin ? Oubliant son agacement, elle lui posa une main sur le bras.

— Qu'est-ce qui…

… *vous intéressait à ce point* ? allait-elle demander. Mais elle n'en eut pas le temps. La vision survint si vite et avec tant de force qu'elle propulsa la jeune femme en arrière.

Un vent glacé balayait une lande grise et désolée. Devant elle se tenait un homme – celui-là, précisément – vêtu d'une cape de fourrure élimée, qu'il portait sur d'étranges habits ternes et sans forme. Dos au vent, il protégeait un enfant entre ses bras. Un bébé, si petit qu'il présentait encore le visage marbré des nouveau-nés. Il avait les yeux ouverts, pourtant, et regardait l'homme, qui le regardait, lui aussi.

De là où elle se trouvait, Phoebe ne pouvait distinguer l'expression de ce personnage mais, en les observant tous les deux, elle sentit une vague d'amour la submerger, si forte qu'elle en eut le souffle coupé. Un amour accompagné cependant d'une tristesse déchirante. Car, où qu'elle soit, il lui était impossible d'approcher ces deux êtres.

La vision s'évanouit alors et, peu à peu, le magasin reprit forme autour de Phoebe. Encore sous le choc, elle remarqua que l'homme au pantalon de cuir la considérait avec stupéfaction.

Puis tout redevint subitement noir, comme si elle pénétrait dans un tunnel. Elle eut tout juste le temps de percevoir une lueur d'affolement dans les yeux de son voisin, puis elle piqua du nez et s'écroula devant lui.

2

Les oreilles de Phoebe bourdonnaient, et elle avait la vague sensation d'avoir été retenue par des bras puissants alors qu'elle chutait en avant. Mais, en même temps, tout lui paraissait déjà si loin.

Peu à peu, le bourdonnement cessa, la pénombre s'estompa et Phoebe se retrouva assise sur un escabeau, penchée en avant, la tête entre les genoux. Levant les yeux, elle vit la petite dame replète qui l'avait accueillie dans le magasin, et, à ses côtés, l'homme aux longs cheveux noirs. Tous deux la regardaient d'un air plutôt inquiet.

À la vue de ce dernier, des souvenirs de sa vision lui revinrent par flash, et son cœur se mit à battre plus fort. Que signifiait ce songe ? Qui était cet inconnu ? Qui était ce bébé ? Était-il possible qu'il s'agisse du… sien ? Du leur ? Était-elle victime d'une overdose d'émotions ?

Non. Il fallait d'abord se calmer et reprendre ses esprits.

— Elle s'est évanouie, déclara l'homme à la vendeuse.

Phoebe crut remarquer chez lui un léger accent, qu'elle fut cependant incapable de situer.

— Vous sentez-vous mieux ? lui demanda la femme. Voulez-vous que j'appelle un médecin ?

— Non… non, merci, répondit-elle vivement. Je me sens mieux. Je… j'ai juste eu un étourdissement. Ça doit être le décalage horaire.

— Le décalage horaire ? répéta l'homme au catogan.

— Oui, vous savez, quand on traverse plusieurs fuseaux horaires en avion, notre horloge biologique se déglingue toujours un peu. Pourquoi… vous appelez ça comment, de l'autre côté de l'Atlantique ?

— Je… je… balbutia-t-il, soudain saisi d'une agitation étrange.

— Nous appelons cela le décalage horaire aussi, répondit la vendeuse en riant. Écoutez, je vais vous faire une tasse de thé. Cela vous remettra d'aplomb.

Sans laisser à Phoebe le temps de protester, elle disparut au bout de l'allée.

Se retrouvant seule avec l'homme à la longue silhouette brune, Phoebe se sentit soudain nerveuse. D'une voix rapide, elle hasarda :

— Euh… eh bien, merci de m'avoir récupérée.

Elle se leva, lui tendit la main et ajouta :

— Je m'appelle Phoebe Halliwell. Je suis américaine, mais... j'imagine que vous l'aviez deviné.

Un sourire d'enfant se dessina sur le visage de celui qui, quelques instants plus tôt, lui faisait si peur.

— Vous savez, je ne suis pas d'ici non plus, lui confia-t-il. Je m'appelle Niall Oldman. Et je suis donc ravi de rencontrer une étrangère.

Il prit la main qu'elle lui tendait et, au lieu de la serrer dans la sienne, la porta à ses lèvres pour y déposer un léger baiser. À ce contact, Phoebe frissonna... mais de plaisir, cette fois. Elle ne pouvait nier qu'il était fort séduisant. En temps normal, elle aurait trouvé stupide ce baisemain d'une autre époque mais, venant de cet homme, ce geste – aussi étonnant qu'il paraisse – avait quelque chose d'étonnamment naturel.

— Alors, articula-t-elle après avoir lâché un profond soupir, qu'est-ce qui vous amène à Hay-on-Wye ?

— Pour l'heure, d'importantes affaires m'attendent ici.

Non seulement il montrait les manières courtoises d'antan, mais voilà qu'il parlait à l'ancienne, aussi, constata Phoebe, intriguée.

— Des affaires auxquelles le plaisir vient fort heureusement se mêler, ajouta-t-il.

Nouveau frisson...

— Êtes-vous revendeur de livres ?

Dong ! L'horloge comtoise se mit à sonner au fond du magasin et Niall laissa soudain tomber :

— Je dois partir, maintenant. On m'attend. Je regrette, mais il le faut.

— Oh… lâcha Phoebe sans chercher à lui cacher sa déception. Eh bien, merci de… vous être occupé de moi.

— Ce fut un plaisir, répondit-il en la caressant de son regard bleu. Un réel plaisir.

Comme il s'éloignait déjà, une petite voix, dans le cerveau de Phoebe, cria : *Arrête-le ! Ne le laisse pas s'en aller comme ça !*

— Euh, s'il vous plaît… Accepteriez-vous de… de dîner avec moi, ce soir ?

Faisant volte-face, il répliqua :

— Vous n'y allez pas par quatre chemins, mademoiselle.

Puis un sourire lui tira le coin des lèvres, et il ajouta :

— Mais cela me plaît.

— Au moins l'un de nous deux a le courage de ses opinions, répliqua-t-elle sur un ton amusé. Passez me prendre à sept heures à l'hôtel Trelawney, d'accord ?

— Je n'y manquerai pas, promit-il avant de disparaître.

C'est trop bizarre, pensa Phoebe au moment précis où la vendeuse revenait vers elle, une tasse de thé fumant à la main.

— Voilà, mon petit, lui dit-elle d'une voix douce. Buvez, cela ramènera un peu de rose sur vos joues.

— Merci, c'est trop gentil à vous, répondit Phoebe avant d'en avaler une gorgée.

— Voilà que vos couleurs reviennent déjà. Vous sentez-vous mieux ?

— Oui... je crois.

Plus tard, dans l'après-midi, avant de regagner le Trelawney, Prue s'arrêta dans un café et y commanda un verre de vin blanc. Un apéritif suivi d'un bon bain avant de dîner, cela lui paraissait divin !

La journée avait été longue et fatigante, mais elle avait porté ses fruits. Après son shopping avec Piper, Prue avait eu un autre rendez-vous, s'était baladée dans quelques librairies, avait acheté un livre de Lloyd Claiborne et, enfin, avait contacté deux revendeurs susceptibles de la mener à d'intéressantes découvertes.

La jeune femme se trouvait à deux ou trois rues de l'hôtel lorsqu'elle aperçut une échoppe de fruits. Blodwen Jeffries, annonçait un panneau d'ardoise posé sur le trottoir. En fin de journée, il ne restait plus grand-chose, à part quelques fraises. Mais leur parfum lui parut irrésistible. L'air affable de la vieille femme qui se tenait derrière la table pliante l'incita à s'approcher.

— Ces fraises sentent si bon, lui dit Prue.

— Elles viennent tout droit de mon petit verger, répondit-elle avec fierté. Je les ai cueillies ce matin. Tenez, goûtez-en une.

Prue ne se le fit pas dire deux fois.

— Délicieuse ! s'exclama-t-elle. Ça me rappelle les soirs d'été, quand j'étais petite. Ma mère nous faisait des tartes aux fraises à mourir.

À ce souvenir, elle sentit son cœur se serrer. Sa mère était morte alors que Prue n'avait pas encore dix ans. Officiellement, elle s'était noyée, mais la réalité était tout autre : elle avait été tuée par un démon.

— Et moi, je faisais du pain des anges, enchaîna la femme aux cheveux gris. Mon défunt mari, ce cher Owen, disait que le diable lui-même se damnerait pour ça ! Alors, vous m'en prenez une boîte ?

Prue hésitait. Comment faire dans leur chambre d'hôtel ? Mais oui, il y avait un mini-frigo ! Et ces fraises étaient si bonnes. Piper et Phoebe seraient ravies d'en profiter.

— Allez, je vais en prendre une. Mes sœurs adorent ça. Je suis sûre qu'on les aura dévorées en moins de cinq minutes.

— Si vous en voulez d'autres, revenez me voir, miss. Qu'il pleuve ou qu'il vente, je suis toujours là. Et j'aurai des cerises, bientôt ; mon arbre en est plein à s'écrouler. Voyez, là-bas, au bout de la rue, ses branches dépassent même du mur.

Prue se tourna et aperçut, tout au bout de l'allée, un petit cottage blanc, entouré d'un mur de briques. Impossible de savoir s'il s'agissait d'un noisetier ou d'un cerisier, mais elle lui dit en riant :

— Oh, je vous crois. Je reviendrai vous en acheter, promis. Au revoir, madame… Jeffries.

— Charmée d'avoir pu bavarder avec vous, miss. Revenez quand vous voulez, vous serez la bienvenue.

Lorsque Prue ouvrit la porte de leur suite, elle s'arrêta net. Allongée sur le lit pliant, Piper regardait Phoebe en train de s'admirer dans le miroir en pied. Elle portait une jupe bleu turquoise qu'elle cherchait manifestement à assortir à un débardeur vert anis. Autour des deux filles, le plancher était jonché de vêtements et de chaussures.

— Qu'est-ce qui s'est passé ici ? s'étrangla Prue. Il y a eu un raz de marée ? Mais… ce sont mes sandales ! Qu'est-ce qu'elles font sur tes pieds, Phoebe ?

— Ce sont les seules qui vont avec cette jupe, lui expliqua sa sœur. Tu veux bien me les prêter ?

— Tu ne vas pas me croire, intervint Piper sans lui laisser le temps de répondre. Pendant que tu travaillais et que, moi, je me cultivais, Phoebe, elle, n'a rien trouvé d'autre que d'avoir la vision d'un type qu'elle venait de rencontrer dans une librairie : elle l'a vu en train de tenir un bébé dans ses bras. Le sien, tu imagines. Enfin, voilà, elle croit avoir trouvé l'homme de sa vie.

— Quoi !?

— Je n'ai jamais dit ça ! protesta Phoebe. J'ai dit que ça pourrait être lui. Nuance. On peut penser ça de n'importe quel type avant de sortir avec lui, non ? Et puis, je ne suis pas sûre qu'il s'agissait de mon enfant… même si cette vision a réveillé quelque chose de maternel en moi. En plus, ce bébé me regardait avec une telle intensité…

— Attends ! lança Prue en fermant la porte. Attendez, toutes les deux ! Je ne comprends rien du tout à vos histoires. Vous allez me faire le plaisir de tout reprendre depuis le début. Vous parlez chacune à votre tour, et avec des phrases complètes, s'il vous plaît.

— D'accord, reprit Phoebe. Alors, voilà. Tu vois, j'étais chez Caer Wydyr, une librairie fantastique, dans tous les sens du terme, et j'ai vu un garçon…

Comme elle décrivait son empoignade avec l'homme au catogan, puis la vision qu'elle avait eue juste après l'avoir touché, Prue sentit une inquiétude mortelle la gagner.

D'après son expérience, ce genre de rencontre ne pouvait en aucun cas être le fruit du hasard. Surtout si on était une des *Charmed*. Il y avait trop de gens en ce bas monde qui essayaient de les tuer, ses sœurs et elle, ou de les priver tout simplement de leurs pouvoirs.

— De toute façon, poursuivit Phoebe, je ne pouvais pas le laisser partir comme ça, sans savoir pourquoi j'avais eu cette vision. Alors, je lui ai proposé de dîner ensemble ; il passe me prendre à sept heures.

Prue en resta bouche bée. Phoebe serait donc toujours aussi inconsciente !

— Mais, enfin, tu ne sais rien de lui ! s'indigna-t-elle.

— Si. C'est un type sympa, je le sais. Je l'ai senti dans ma vision. Je suis sûre qu'il n'y a aucun danger avec lui.

Devant l'air affolé de sa sœur, elle insista :

— Allez, Prue, tu sais qu'en général j'ai de bons instincts face à ce genre de situation.

— Je sais, Phoebe, seulement…

Regardant soudain sa montre, Piper lâcha :

— Sept heures, tu as dit ? Il ne va pas…

Comme pour lui donner raison, des coups retentirent au même moment à la porte de leur suite.

— Qu'est-ce que je vous disais ? Au moins, il est ponctuel.

— Oh, non ! s'exclama Phoebe, une main sur la bouche. Je n'ai même pas fini de m'habiller. Et cette chambre est dans un état épouvantable !

— Mais toi, tu es très bien, lui assura Piper.

— Ce n'est pas ça l'important, coupa Prue en se

dirigeant vers la porte. Ce que je veux avant tout, c'est voir ce que vaut ce type.

Ouvrant le battant d'un geste vif, elle dut reconnaître que l'homme qui lui apparut sur le seuil était irréprochable. Pas tout à fait son genre, mais indéniablement beau et séduisant. Grand, de longs cheveux bruns coiffés en catogan, de larges épaules, des hanches étroites, un visage taillé au cordeau, un nez légèrement busqué…

Ça ne veut rien dire, songea Prue. *Le diable lui-même peut être glamour, s'il veut.*

Elle s'écarta et le laissa entrer.

— Prue Halliwell, articula-t-elle avec froideur. La grande sœur de Phoebe.

S'avançant vers lui, celle-ci lui prit le bras et déclara :

— Elle a l'air sévère, comme ça, mais elle est charmante, en fait. Ne vous laissez pas impressionner, surtout. Et voici Piper, mon autre sœur.

Avec un sourire forcé, elle ajouta :

— Prue, Piper, je vous présente Niall Oldman. Bon, maintenant que les présentations sont faites, je crois qu'on devrait…

— Attends ! lui lança Prue. Vous avez deux minutes, quand même. J'ai une bouteille de vin. Si on buvait un verre avant que vous ne partiez ?

— Délicieuse idée, répliqua Niall en s'asseyant sur le divan.

Après un regard assassin à sa sœur, Phoebe alla

s'installer à côté de lui. Piper sortit alors des verres du minibar pendant que Prue ouvrait une bouteille de vin blanc.

— Alors, Niall, d'où êtes-vous ? demanda celle-ci en prenant place dans le fauteuil, face à lui.

— Oh, d'une ville dont vous n'avez certainement jamais entendu parler. Elle se trouve assez loin, au sud-ouest d'ici.

Il n'y avait pas plus évasif, comme réponse.

— Je vois, dit-elle. Et, que faites-vous à Hay ?

— De la recherche, répliqua-t-il avec un sourire poli. Je suis universitaire ; je fais des études sur les légendes relatives au roi Arthur.

— Vous plaisantez ! s'écria Phoebe. C'est incroyable, c'est vraiment le destin !

Inquiétant, plutôt... songea Prue. *Pourquoi précisément le sujet dont Phoebe n'arrête pas de nous bassiner, en ce moment ?*

— Et vous ? interrogea Niall. Vous... travaillez ?

— Si je travaille ? manqua-t-elle de s'étrangler. Bien sûr que je travaille. On dirait que cette idée vous dérange.

— Oh, non, pas du tout ! s'empressa-t-il de répondre. Je trouve au contraire merveilleux que les femmes s'activent autant, de nos jours.

— Prue vend des antiquités en free-lance, expliqua Phoebe non sans jeter à sa grande sœur un regard inquiet. Elle est venue acheter des livres pour un client américain.

— Et où logez-vous ? lui demanda Piper.

— Sur Oxford Road. Dans un appartement que nous partageons à deux.

— Et, combien de temps comptez-vous séjourner ici ? hasarda Prue.

Il haussa les épaules.

— Quelques jours. Jusqu'à ce que j'en aie terminé avec mes affaires.

— Alors, tu es satisfaite, maintenant ? lança Phoebe à Prue d'un air narquois.

Ôtant ses lunettes, elle se leva et déclara :

— Niall, il faut excuser ma sœur pour cet interrogatoire en règle. Depuis la mort de notre mère, elle a tendance à abuser un peu de son côté maternel avec moi. C'est plus fort qu'elle.

— Oh, cela ne me gêne pas le moins du monde, répliqua-t-il en riant. J'aime quand les frères et sœurs veillent les uns sur les autres. Mais... j'avoue que j'ai un peu faim, à présent. Je dois reconnaître que cet interrogatoire m'a mis en appétit.

Prue émit un petit rire embarrassé.

— On y va, cette fois, déclara Phoebe en prenant le bras de Niall. Et, les filles, ne m'attendez pas, surtout !

Dès que la porte se fut refermée derrière eux, Prue confia à Piper :

— Ça ne m'emballe pas, tout ça. Ce type, je ne le sens pas.

— Prue, lui dit sa sœur en lui posant une main

sur l'épaule, je sais que tu tiens à veiller sur Phoebe, mais je crois que tu en fais trop, là. Tu as entendu ce qu'elle a dit à propos de sa vision. Elle a senti de l'amour. Ses visions sont peut-être énigmatiques, parfois, mais elles ne mentent jamais.

— Je sais, mais... si elle les interprétait de travers ? Si cet amour bizarre qu'elle éprouvait était pour le bébé, seulement, et non pour Niall. Peut-être que, dans sa vision, il était en train de lui voler son enfant. Ce qui expliquerait ce sentiment de perte qui l'a soudain envahie.

Piper avala une gorgée de vin blanc.

— Tu as peut-être raison. Mais, primo, Phoebe n'a pas évoqué la moindre impression de menace, dans sa vision. Elle l'aurait senti, si Niall était en train de lui voler son bébé.

— C'est vrai, admit Prue. Mais...

— Et, secundo, tout ce que Phoebe voit dans ses visions, c'est du futur. Elle ne prévoit pas de faire des enfants dans l'immédiat, que je sache. On a donc un petit peu le temps de voir venir les choses, tu ne crois pas ?

Prue croisa les bras. Ce que disait Piper semblait logique. Peut-être réagissait-elle de façon excessive.

— J'espère que tu as raison, lui dit-elle enfin. Parce que je n'ai vraiment pas envie de me battre contre des démons, cette semaine.

— Ce n'est pas vrai ! s'exclama Phoebe en fixant sur Niall des yeux écarquillés. Je viens de percer votre… ton secret le plus profond !

— Ah oui ? s'étonna-t-il, intrigué. Et qu'est-ce que c'est ?

Se penchant au-dessus de la table, elle pointa sur lui un doigt accusateur.

— Tu n'avais jamais mangé de nourriture indienne avant, c'est ça ? Avoue.

Niall éclata de rire.

— Je dois avouer que c'est vrai, dit-il en plantant sa fourchette dans un morceau d'agneau tandoori. Tu sais, je… je suis un homme de la campagne. J'espérais pouvoir te le cacher, mais tu es une femme très avertie des choses de ce monde. M'en voudras-tu un peu moins si je te dis que, maintenant que j'ai essayé, j'adore la nourriture indienne ?

— Peut-être, minauda-t-elle. En tout cas, ça montre au moins que tu as bon goût.

Lorsque le serveur eut débarrassé leurs couverts, Phoebe posa les coudes sur la table, se prit le menton dans les mains et observa Niall, à la lueur de la bougie. Cet homme constituait un doux mélange de contradictions : il connaissait tant de choses et, à côté de cela, semblait en ignorer tant d'autres. Par exemple, comment pouvait-il avoir vécu toute sa vie en Angleterre, sans avoir jamais mangé de nourriture indienne ? C'était comme de vivre à San Francisco sans jamais avoir mis les pieds à Chinatown. Impensable.

D'autres détails intriguaient Phoebe. Niall ne connaissait rien des feuilletons-cultes de la télévision. Même si les Anglais, comme tous les Européens, avaient leurs propres programmes, tous avaient vu au moins un épisode de *Star Trek*. Mais, quand elle lui avait fait remarquer que l'un des serveurs ressemblait à M. Spock, Niall l'avait regardée d'un air absent.

— Qui ? avait-il demandé. Je ne connais pas. J'ai dû manquer cette série.

Encore un intello qui n'allume la télé que pour regarder les infos, avait décidé Phoebe. Ou, mieux encore, il n'avait peut-être pas de télé du tout.

Niall se cala dans sa chaise et s'étendit discrètement. Admirative, Phoebe ne pouvait détacher les yeux de son torse si bien développé. Manifestement, s'il ne regardait pas la télé et passait ses journées à lire, il trouvait quand même le temps de faire de la musculation.

— La nuit est superbe, dit-il après un instant de silence. Que dirais-tu d'une balade au bord de l'eau ?

— Oh, j'adorerais !

Ils réglèrent leur note et sortirent du restaurant, qui ne se trouvait qu'à deux pas de la rivière Wye. Au clair de lune, l'eau scintillait de mille reflets argentés. Ils se promenaient tranquillement sur le sentier qui longeait la berge, quand Phoebe demanda :

— Alors, ce roi Arthur, il a vraiment existé ?

— Bien sûr, il a existé. Il avait bien une table ronde, et un château – ou plutôt une forteresse – nommé Camelot. À part cela, il n'y a pas grand-chose de vrai dans tout ce qu'on raconte sur lui. Ces histoires sur les chevaliers, leurs combats, leurs joutes à cheval, tout cela n'a pas de sens. Ces choses-là n'existaient pas à l'époque d'Arthur. Elles sont nées une centaine d'années plus tard. Ce roi n'était pas un chevalier revêtu d'une armure d'argent. Il ne savait même pas monter à cheval.

À cette révélation, Phoebe se sentit un peu déconfite.

— Oh, je pensais pourtant que… Et Merlin l'Enchanteur ? Il a vraiment existé, ou c'est une légende aussi ?

— Non, il a bien existé. C'était le conseiller en qui Arthur avait la plus grande confiance, au début de son règne.

— Et, tu crois que c'était un… tu sais, un… magicien ?

Phoebe retint son souffle. La réponse de Niall pourrait peut-être la renseigner sur ce qu'il pensait de la magie et de la sorcellerie. Il eut un rire étrange.

— Tu veux dire : avait-il un chapeau pointu, et changeait-il les gens en grenouille d'un coup de baguette ? Non. Merlin était un personnage beaucoup plus sérieux que ce que l'on raconte. C'était un druide, quelqu'un qui pratiquait la magie ancienne ; celle des chênes, de la cendre et des épines. Celle des pierres levées. Merlin était le plus grand de tous les druides. Son pouvoir était sans égal.

Phoebe sentit une vague d'excitation la traverser. Niall croyait à tout cela. Il croyait vraiment tout ce qu'il racontait. Il acceptait la magie comme un fait réel !

Soudain, il se tourna vers elle, ses dents étincelant de blancheur sous le clair de lune.

— C'est du moins ce que je crois, poursuivit-il d'une voix rauque. Mais, comment s'assurer de la vérité de tout cela ? Ces événements se sont déroulés il y a près de mille cinq cents ans.

— C'est vrai, admit Phoebe.

Ils marchaient en silence depuis un moment lorsque la main de la jeune femme effleura involontairement les doigts de Niall.

Ce contact lui fit l'effet d'un choc électrique. Elle s'arrêta net, son cœur battant à tout rompre. Puis elle leva les yeux vers lui. Avait-il ressenti la même chose ? Éprouvait-il lui aussi le violent désir de la toucher ?

Les questions de Phoebe trouvèrent leur réponse l'instant suivant, lorsque Niall se pencha vers elle.

Lui prenant le visage entre les mains, il commença à l'embrasser.

Phoebe eut alors l'impression de se noyer. Saisie d'un délicieux vertige, frissonnant de toutes parts, elle se laissa étreindre par le corps chaleureux de Niall. Ses mains brûlantes se promenaient à présent sur sa nuque, son dos, ses reins. Et leur baiser n'en finissait plus.

Ce fut elle, pourtant, qui décida d'y mettre fin. À contrecœur, elle s'écarta de lui. Jamais elle n'avait été embrassée de la sorte. Jamais.

Et, au regard troublé de Niall, elle savait qu'il pensait la même chose.

Était-elle en train de tomber amoureuse ?

Non, il ne fallait pas. Tout allait beaucoup trop vite.

— Je… je crois que je devrais rentrer, maintenant, souffla-t-elle dans un murmure.

— Oh, non, Phoebe, ne pars pas. Je…

Il s'interrompit, puis lâcha :

— D'accord, c'est peut-être mieux. Mais pourrai-je te revoir ? Demain soir… ?

— Demain soir, oui.

Tournant les talons, elle repartit en courant vers l'hôtel Trelawney.

3

Piper étala de la confiture sur son toast et croqua dedans avec appétit.

— Mmmh, c'est bon !

— C'est vrai, lui dit Prue. Les Anglais sont doués pour les petits déjeuners. Alors, qu'est-ce que vous avez prévu, toutes les deux, pour la journée ?

— Je ne sais pas ; l'hôtel propose une petite visite du château, à onze heures. Ça t'intéresse, Phoebe ?

Pas de réponse. Tournée vers la fenêtre, Phoebe rêvait en malaxant un morceau de pain entre ses doigts. Devant elle, son cappuccino était intact, la mousse avait disparu et une peau répugnante s'était formée à la surface.

Piper passa une main devant le visage de sa sœur cadette.

— Phoebe ?

— Hein… quoi ? articula-t-elle en sursautant.

— Je te demandais si tu voulais visiter le château. Tu as l'air de planer complètement, ce matin.

— C'était bien, ce dîner d'hier soir ? demanda Prue.

Phoebe étant rentrée alors que ses sœurs dormaient déjà, elles n'avaient pas encore eu les détails de sa soirée. À cette question, ses joues rosirent légèrement.

— Oui, très bien, répondit-elle sans sourire. Je le revois ce soir, d'ailleurs.

Elle regarda un instant ses sœurs, puis baissa les yeux. Le nez dans sa tasse, elle ajouta :

— Je crois... je crois que je suis en train de tomber amoureuse.

— Wouah ! lâcha Piper non sans remarquer la mine catastrophée de Prue. Tu ne perds pas de temps, dis-moi. Il est si séduisant que ça ?

— Oui, il est incroyable. Et, vous savez, il croit à la magie !

— Oh, non ! gémit Piper, une main sur le front.

— Quoi !? s'écria Prue. Phoebe, ne me dis pas que tu lui as parlé de magie ! Tu n'as pas fait une ânerie pareille ?

— Ne flippe pas comme ça, Prue ! Je ne lui ai rien dit sur nos pouvoirs, évidemment. Je lui ai juste posé des questions sur Merlin l'Enchanteur, et il m'a répondu que c'était le plus grand des druides. Il m'a parlé aussi de pierres levées, ou je ne sais quoi... Ce n'était pas tellement ce qu'il disait qui m'interpellait, mais la façon dont il le disait. Je suis sûre qu'il croit réellement à la magie.

— Ou bien c'est ce qu'il voulait que tu comprennes, corrigea Prue. Phoebe, ce type se moque de toi ! Tu es complètement aveugle, ou quoi ?

— Je ne crois pas que… commença Piper.

— Non, il ne se moque pas de moi ! riposta Phoebe. Je sais ce que je fais, Prue. Laisse-moi tranquille avec ça !

— Heu… les filles… hasarda de nouveau Piper.

— Tu veux que je te laisse ? lança Prue. Que je te laisse faire quelque chose de dingue, c'est ça ?

Dans la salle du restaurant, les clients commençaient à les dévisager. Ennuyée, Piper s'écria :

— Vous avez fini, oui ? Calmez-vous ! Tout le monde nous regarde !

Interloquées par cette réaction soudaine, Prue et Phoebe se turent d'un coup.

— Vous êtes trop bêtes, toutes les deux, continua-t-elle à voix basse. Quant à toi, Phoebe, il faut vraiment que tu te montres plus prudente. Même si Niall semble n'avoir aucune idée de ce que nous sommes, on ne peut pas se permettre de prendre le moindre risque. Tu nous mets toutes les trois en danger – sans que ce danger vienne forcément de lui, d'ailleurs. Tu sais avec quelle facilité les forces du mal savent nous trouver.

— Exactement ! intervint Prue. C'est ce que je voulais…

Piper lui posa une main sur la bouche.

— Et toi, Prue, tu dois arrêter de tirer sur tout ce qui bouge. Pour le moment, on n'a aucune raison de croire que Niall est autre que ce qu'il dit être. La vision de Phoebe est déjà une preuve pour nous. Disons qu'il vaut mieux donner à cet homme le bénéfice du doute. Pour l'instant, en tout cas.

Croisant les bras, Piper ajouta :

— Alors, les miss, on fait la trêve ?

Phoebe fit la moue, et Prue leva les yeux au ciel.

— D'accord, soufflèrent-elles chacune à leur tour.

— Ah, je préfère ça, reprit Piper en se levant. Viens, Phoebe, on va jouer les touristes, maintenant. Je te rappelle que *nous*, on est en vacances.

D'un pas rapide, Prue descendit les marches du perron et jeta un coup d'œil sur sa liste de libraires. Elle devait faire une première halte chez Milton Barnett Inc., dans la rue… Heol y Dwr. Incroyable ! Elle dut s'assurer sur son plan que le nom était écrit correctement.

— Jamais je ne comprendrai le gallois, marmonna-t-elle. Comment peut-on prononcer un mot qui ne comporte aucune voyelle ?

En chemin, elle passa devant l'échoppe de

Mme Jeffries, la marchande de fruits. Comme elle s'en approchait, Prue remarqua un couple en train de choisir des fruits. La femme avait une allure folle, avec sa longue chevelure auburn et son teint de porcelaine. Elle portait une robe vert pâle, une écharpe de soie du même ton, qui lui entourait le cou, et une autre, couleur prune, qu'elle avait jetée sur ses épaules.

Quant à l'homme… Prue sursauta en le reconnaissant. C'était Niall. Un moment, sa compagne se pencha et lui murmura une phrase à l'oreille. Puis, elle lui glissa une main sur le bras. Un geste simple, mais qui avait quelque chose d'intime, de possessif.

Ces deux-là sont plus que des amis, songea Prue. *Et cet abruti qui fait des avances à Phoebe ! Je savais bien, je ne me trompais pas à son sujet !*

Que faire ? Le confondre ou la jouer cool ? Mais, avant qu'elle ait eu le temps de se décider, le couple s'éloigna.

Dépitée, Prue s'approcha de l'échoppe.

— Bonjour, dit-elle à la vieille femme.

— Oh… bonjour, répondit celle-ci.

Son sourire lui parut forcé, cependant, et elle détecta une sorte d'inquiétude dans son regard brun.

— Comment sont les fraises, ce matin ?

— Aussi bonnes que d'habitude, lui assura Mme Jeffries en s'efforçant de se montrer aimable. Goûtez-en une, si vous voulez.

Elle lui tendit un des petits paniers tressés, mais sa main tremblait tellement que les fraises s'éparpillèrent sur la table.

— Mon Dieu, quelle maladroite je fais !

Comme elle ramassait les fruits, Prue lui proposa de l'aider, puis lui demanda doucement :

— Vous vous sentez bien ?

— Pour être franche, non. C'est stupide, mais je me sens toute retournée.

— Toute retournée ? Pourquoi ?

— C'est… cette fille. Celle qui était là, juste avant vous. Vous l'avez peut-être vue. Elle était jolie comme un cœur et, pourtant… comment dire ? Et puis elle posait tant de questions.

— Des questions sur quoi ?

— Oh, elle voulait savoir où j'habite, quand mon mari est mort, si j'ai des enfants ou des petits-enfants, si je vais à l'église. Des questions toutes simples, mais il y avait quelque chose dans ses yeux qui… me glaçait.

— À ce point ? s'étonna Prue.

— Oui, soupira-t-elle. Je suis peut-être idiote, en fait ; elle essayait sans doute de se montrer aimable, c'est tout. Mais, vous savez ce qu'on raconte ici ? On dit que, depuis l'époque des druides, il y a des sorcières qui hantent la région. Moi, ça m'a toujours fait rire mais, en voyant cette fille, je me demande si toutes ces histoires ne sont pas réelles, finalement.

Des sorcières... Des druides... Tout cela prenait une tournure étrange.

— Vous n'êtes pas idiote du tout, lui rétorqua Prue. Je crois au contraire que vous avez raison de vous fier à votre instinct, à propos des gens. Et l'homme qui accompagnait cette femme ? Comment était-il ?

— C'est vrai, je l'ai à peine remarqué, admit Mme Jeffries. Il avait l'air d'un jeune homme assez aimable.

— Je vois. Eh bien, faites attention, tout de même. Et si vous les voyez revenir, courez vous cacher.

— Ah, vous me faites du bien, mon petit ! reprit la vieille femme en riant. Je me sens rassérénée d'avoir parlé avec vous.

Prue finit par s'acheter une pêche et poursuivit son chemin.

C'est très bien de dire à cette femme de suivre son instinct, pensa-t-elle. *Et pourtant, c'est exactement ce que je reproche à Phoebe, en ce moment. Je sais qu'elle a tort, mais comment l'en convaincre ?*

Pour Prue, c'était peut-être une question de vie ou de mort.

Lorsque Phoebe rentra à l'hôtel après sa soirée en compagnie de Niall, Prue et Piper l'attendaient.

— Me voilà face à l'Inquisition, maintenant ? grogna-t-elle.

— On voulait juste savoir comment s'était passé ton dîner, lui dit Prue.

— Vous voulez plutôt savoir ce qu'il a pu me raconter sur la « femme mystère » de ce matin, c'est ça ?

Un peu plus tôt cet après-midi, dans un salon de thé, Prue avait révélé à ses sœurs ce qu'elle avait vu devant l'échoppe de la fruitière, ce matin-là. Et Phoebe avait accepté à contrecœur de demander à Niall qui était cette femme.

— Oui. Alors ?

— Alors, tout va bien. Elle s'appelle Diana Jones, et c'est une collègue de Niall. Il loge dans son appartement pendant son séjour ici. C'est tout. Il n'y a rien entre eux.

Phoebe se laissa tomber dans le fauteuil, un sourire rêveur sur les lèvres.

Et tu l'as cru ? voulut demander Prue. Mais elle préféra s'abstenir. La contredire en ce moment n'arrangerait certainement pas les choses.

— Heu… Phoebe, hasarda Piper, je ne voudrais pas paraître trop méfiante, mais…

— Je sais ce que tu penses, coupa-t-elle. Tu penses que j'ai tort de croire à tout ça, mais écoute-moi : Niall m'a emmenée dans l'appartement de Diana pour y prendre le café. Je l'ai vue comme je te vois et il me tenait la main devant elle.

Son sourire parut diminuer quand elle précisa :

— C'est vrai qu'elle m'a semblé un peu… distante, je le reconnais. Mais elle est restée très polie. Elle m'a même avoué que Niall lui avait parlé de moi. C'est ce qui me laisse croire qu'il me dit la vérité.

Se tournant vers sa sœur aînée, elle ajouta :

— S'il te plaît, Prue, arrête de t'inquiéter. Je sais que tu cherches à veiller sur moi et je t'en suis infiniment reconnaissante. Mais je suis une grande fille, et je crois être capable de m'assumer en tant que telle. Tu ne peux pas savoir comme il me fait du bien !

Prue ne se sentait pas le courage de discuter encore de Niall avec elle. Cela n'apporterait rien. Et puis, Phoebe paraissait si radieuse. Elle n'avait pas le cœur de réduire ses beaux espoirs à néant.

Pour une fois, songea-t-elle, *j'espère que je me trompe*.

De nouveau, Piper regarda sa montre. Devait-elle réveiller Phoebe ?

Sans savoir pourquoi, elle s'était levée à sept heures, fraîche et dispose. Après avoir pris le petit déjeuner avec Prue, qui l'avait ensuite quittée à cause d'un rendez-vous, elle était retournée dans leur chambre pour se plonger dans son livre sur les fleurs sauvages.

Mais il était dix heures, à présent, et Piper commençait à tourner en rond. *Au fait*, se dit-elle soudain, *si j'allais chercher les fleurs pour composer mon bouquet de charme. Ça laissera un peu plus de temps à Phoebe pour dormir.*

Elle étala un plan de la ville sur la table et l'étudia. Si elle prenait le chemin qui longeait la rivière, elle finirait bien par déboucher dans la campagne. Super ! Elle griffonna un petit message pour sa sœur et fourra dans son sac à dos la carte et son livre de fleurs, sans oublier une petite bouteille d'eau qu'elle prit dans le minibar.

Il lui fallut une demi-heure pour sortir complètement de la ville. Devant elle, s'étalaient maintenant des champs verdoyants qui ondulaient sous un ciel bleu tacheté de nuages. À part le chant des criquets, il n'y avait aucun bruit alentour. Ravie de se sentir ainsi à l'écart du monde, Piper inspira profondément et s'emplit les narines du parfum de l'herbe tiédie par le soleil.

— Alors… murmura-t-elle en consultant son livre, il me faut…

Elle fronça les sourcils.

— … de la sanguinaire, une fleur rouge sang, avec une longue tige. Ça promet. Et puis, une bleue, qui ressemblerait un peu à du pissenlit. Ce doit être de la mauve… Et des marguerites, aussi. Là, je crois que je n'aurai pas trop de mal à en trouver.

Quelques minutes plus tard, en effet, Piper avait

réuni une poignée de mauves et de paquerettes, qu'elle glissa dans la poche extérieure de son sac. Quant à la sanguinaire, c'était une autre histoire. Il semblait n'y avoir aucune fleur rouge dans les champs.

Balayant la campagne du regard, la jeune femme aperçut, sur sa droite, un bosquet de vieux chênes, hauts et imposants. Elle s'en approcha et pénétra sous la voûte que formaient les feuillages des arbres centenaires. A peine eut-elle fait quelques pas que ses pieds foulèrent les sanguinaires qui manquaient à son bouquet.

Enchantée de sa trouvaille, Piper se baissa pour en cueillir quelques-unes quand un bourdonnement étrange lui parvint. Cela ressemblait à des voix. Des voix d'hommes et de femmes, qui chantaient à l'unisson. Qui psalmodiaient, plutôt.

Malgré le soleil qui brillait dans la campagne, Piper sentit un frisson glacé la parcourir. Elle décida néanmoins d'avancer, mais avec la plus grande prudence, en se cachant derrière les épais buissons qui poussaient entre les arbres. Le bruit des voix s'amplifia.

Au bout d'un instant, Piper s'arrêta, sortit la tête et risqua un coup d'œil. Ce qu'elle vit la stupéfia.

Devant elle, le bois s'ouvrait sur une clairière, au centre de laquelle deux énormes menhirs se dressaient à la verticale. Même si ces pierres n'étaient pas reliées l'une à l'autre par une pierre de traverse, comme à Stonehenge, la structure était exactement la même. Et, à voir le lichen qui les recouvrait, il y avait des siècles qu'elles reposaient là.

Des hommes et des femmes vêtus de blanc entouraient les pierres. Mains jointes, ils scandaient des chants étranges, dans un langage que Piper n'avait jamais entendu auparavant. Une lueur verdâtre flottait au-dessus des structures, qui grossissait au fur et à mesure que les psalmodies s'intensifiaient.

Cependant, Piper avait un tout autre sujet de fascination : les deux personnes qui se tenaient au centre de la clairière, entre les blocs de pierre. Un homme et une femme, qui s'étreignaient, les paupières closes.

Malgré l'ampleur de sa robe de cérémonie, la femme paraissait aussi mince qu'une liane. Elle avait le teint clair, une épaisse chevelure auburn, et une écharpe de soie vert pâle lui entourait le cou. Quant à l'homme… il avait de longs cheveux noirs retenus en arrière par un catogan.

Médusée, Piper le fixa sans parvenir à en détacher son regard. Son torse nu révélait une musculature d'athlète, et il se tenait de façon à ne laisser apparaître que son profil. Avec son nez aquilin et sa mâchoire puissamment dessinée, il était reconnaissable entre mille.

C'était Niall !

4

Sans réfléchir, Piper fit un pas en avant. Rien que pour Phoebe, elle devait s'assurer de ce qui se passait. Pourquoi Niall embrassait-il cette femme au milieu de la clairière ?

Crac ! Une brindille se brisa soudain sous son pied. Dans le silence environnant, ce craquement résonna comme un coup de fusil.

Les incantations cessèrent, la lueur verte vacilla puis s'évanouit. Un homme barbu, à la taille immense, se tourna aussitôt vers l'endroit où se tenait Piper.

— Qui est là ? tonna-t-il d'une voix menaçante en s'avançant vers le bosquet.

Piper n'hésita pas une seconde. Ces gens, quels qu'ils soient, pratiquaient la magie, et elle ne voulait en aucun cas que Niall l'aperçoive ici. Il était temps d'user de son propre pouvoir.

Un geste rapide de la main droite, et l'assemblée devant elle se figea net. La jeune sorcière en profita pour tourner les talons et courir se réfugier sous les chênes. Ils pouvaient rester ainsi pétrifiés durant quatre ou cinq minutes, le temps pour elle de disparaître hors de leur vue et de rejoindre les abords de la ville.

Elle devait immédiatement parler à ses sœurs.

Prue ne se trompait donc pas sur Niall. Ce qui signifiait qu'elles avaient un gros, très gros problème sur les bras.

Phoebe ferma le robinet, ouvrit le rideau, sortit de la baignoire et mit le pied sur le tapis de bain… trempé.

— Oh ! là là ! j'ai encore fait une véritable mare ! lâcha-t-elle tout haut.

Décidément, elle était incapable de prendre une douche sans asperger la salle de bains entière.

— Les Anglais ne sont pas doués pour les douches, marmonna-t-elle en s'enveloppant dans un peignoir.

Dans la chambre, elle eut la surprise de trouver Prue, allongée sur le divan, en train de feuilleter un guide touristique.

— Salut, lui dit celle-ci. Tu avais besoin de sommeil, on dirait.

— Peut-être encore le décalage horaire, j'imagine, répondit Phoebe en s'essuyant les cheveux.

Qu'est-ce que tu fais là ? Je croyais que tu avais des rendez-vous pour toute la journée.

— Moi aussi, mais le libraire que je devais rencontrer a dû rentrer d'urgence à Londres. Je ne pourrai le voir qu'à la fin de la semaine.

— C'est dommage, reprit Phoebe.

Elle lui jeta un regard rapide, espérant qu'elle ne se mettrait pas à lui parler de Niall car, ce matin, elle ne se sentait pas d'humeur à cela.

Cependant, Prue se contenta de sourire.

— Ça *devrait être* dommage, corrigea-t-elle. Mais, en fait, ça me donne une bonne excuse pour buller, aujourd'hui. Qu'est-ce que tu dirais d'aller visiter une abbaye en ruine, à une trentaine de kilomètres d'ici ? Il paraît que c'est superbe. On pourrait se louer une voiture et emporter un pique-nique. Ça te dit ?

— Oh, oui, génial ! s'exclama Phoebe, soulagée de passer au travers d'une désagréable discussion. Mais c'est toi qui prends le volant, parce que la conduite à gauche, ça ne m'emballe pas outre mesure.

— Moi, ça m'amuse, au contraire.

Ce ne fut qu'en la voyant debout que Phoebe remarqua qu'elle portait un short et un T-shirt, au lieu de sa tenue de travail.

— Dépêche-toi de t'habiller, lui dit Prue. On ira acheter de quoi déjeuner en attendant le retour de Piper. Je t'emmènerai voir l'échoppe de

Mme Jeffries, la femme chez qui j'ai trouvé ces fraises hier, tu te rappelles ?

— Oui, elles étaient super-bonnes, c'est vrai.

La journée s'annonce bien, songea Phoebe en passant un jean. *Ce serait encore mieux si je pouvais inviter Niall…*

C'était pourtant hors de question. Prue faisait manifestement tout son possible pour arranger les choses. Alors, inutile de la provoquer. D'autant qu'elle devait retrouver Niall plus tard dans l'après-midi, car ils avaient prévu d'aller se promener le long de la rivière.

Au seul souvenir de leur balade au bord de l'eau, Phoebe sentit sa peau la picoter délicieusement.

Elle fit deux tresses avec ses cheveux encore humides, passa une paire de sandales et attrapa ses lunettes noires sur le bureau.

— Je suis prête ! annonça-t-elle à sa sœur.

Une fois dehors, Prue l'emmena tout droit vers l'échoppe de la fruitière. Cependant, comme elles débouchaient à l'angle de la rue, la jeune femme ne trouva personne.

— C'est bizarre, Mme Jeffries n'est pas venue, aujourd'hui.

— Peut-être qu'elle fait l'école buissonnière, elle aussi, plaisanta Phoebe.

— Non, ce n'est pas son genre. Elle m'a dit

qu'elle était là tous les jours, qu'il pleuve ou qu'il vente, pour reprendre son expression.

Soudain, sur le trottoir d'en face, une porte s'ouvrit sur un vieil homme en cardigan. Lorsqu'il aperçut les deux filles, il traversa et vint à leur rencontre.

— Vous cherchez Blodwen Jeffries, n'est-ce pas ? Je suis moi-même étonné de ne pas la voir, ce matin. En été, elle vient tous les jours. Je me demande ce qui lui arrive.

Secouant la tête, il s'éloigna en direction du centre-ville.

— J'espère qu'elle n'est pas tombée malade, observa Prue sur un ton inquiet. Ça t'embête si on fait un petit détour par sa maison ? Elle n'est pas loin, juste en bas de la rue. J'aimerais m'y arrêter deux minutes pour m'assurer qu'elle va bien.

Phoebe dut paraître surprise car Prue ajouta aussitôt :

— Tu dois trouver que je réagis de façon excessive, mais c'est une vieille femme qui vit seule. Si elle a fait une chute ou quelque chose de ce genre, elle n'a peut-être pas pu atteindre son téléphone. Ou alors, elle a tout bêtement décidé qu'elle avait mieux à faire aujourd'hui.

— C'est comme tu veux, Prue, on y va, lui dit Phoebe.

Sa sœur était peut-être un peu brutale, parfois,

mais, au fond, elle avait le cœur aussi tendre qu'un marshmallow.

Les deux filles descendirent la rue et arrivèrent bientôt devant le mur de briques qui entourait le cottage de Mme Jeffries. Sur le côté, un petit portail blanc ouvrait sur un jardin ombragé, qui sentait bon la pêche et la cerise.

Une fois devant la maison, ne trouvant pas de sonnette, Prue tapa quelques coups à la porte. A sa grande surprise, le battant s'ouvrit de lui-même en grinçant.

— Mmmh, bizarre, murmura Phoebe en regardant sa sœur. Ce n'est pas normal…

— Mme Jeffries ? appela Prue avant de hasarder un pas à l'intérieur. Vous êtes là ?

Pas de réponse. Elle fit un autre pas.

Phoebe sur ses talons, elle laissa ses yeux s'habituer à l'obscurité ambiante, puis tendit l'oreille. Du fond de la maison, lui parvint un air de jazz tandis qu'une vague odeur de chou cuisiné commençait à lui chatouiller les narines.

Sans savoir pourquoi, Prue ressentit une impression de malaise. Il se passait quelque chose d'anormal, ici.

— Viens, souffla-t-elle à Phoebe avant de pénétrer dans le salon.

La pièce était meublée de deux fauteuils anciens et d'un petit sofa, tous recouverts du même chintz fleuri et usé. Une multitude de figurines en porcelaine ornaient le dessus de la cheminée et, malgré la faible lumière, Phoebe devinait qu'on avait fait la poussière peu de temps auparavant.

La musique s'amplifiait à mesure qu'elles approchaient de la cuisine. Prue en poussa la porte battante, et toutes les deux découvrirent une cuisine à la mode ancienne. Comme le salon, la pièce était vétuste mais impeccable de propreté.

Une assiette à demi pleine de bœuf au chou était abandonnée sur la table, dont une des chaises avait été repoussée comme si quelqu'un s'était levé à la hâte. Sur le comptoir, un petit transistor des années soixante braillait du jazz sur un ton suraigu.

— On dirait que cette assiette est là depuis un bout de temps, observa Prue.

— Oui. Et à voir la façon dont elle tient sa maison, Mme Jeffries n'est pas partie pour aller se coucher. Sauf si elle ne se sentait pas bien, par exemple.

— On devrait monter voir ce qui se passe là-haut, suggéra Prue. Il lui est peut-être arrivé quelque chose.

Phoebe acquiesça en posant la main sur le dossier de la chaise. À cet instant, elle fut brutalement saisie par une vision.

Une vieille femme aux cheveux gris et bouclés était assise sur cette même chaise, une fourchette à la main, devant l'assiette de bœuf au chou. Les yeux exorbités de peur, elle regardait une autre femme, debout en face d'elle.

La vision s'évanouit d'un seul coup, et Phoebe frissonna.

— Qu'est-ce que tu as vu ? lui demanda Prue sur un ton alarmé.

Phoebe lâcha un profond soupir. Ses visions la laissaient toujours tremblante et mal à l'aise.

— Mme Jeffries, je crois. Est-ce qu'elle a les cheveux gris et bouclés ?

Prue hocha la tête.

— Elle était assise ici, continua Phoebe, en train de prendre son dîner. Il y avait une autre femme avec elle. Quelqu'un qui, de toute évidence, la terrifiait.

— Et c'est tout ? C'est tout ce que tu as vu ?

— Non, pas exactement. En fait, ma vision s'est terminée là, mais il y a autre chose... Je l'ai reconnue. L'autre femme... C'était Diana, l'amie de Niall.

— Quoi ? s'étrangla Prue. Phoebe, tu en es sûre ?

— Oui, souffla-t-elle, la mort dans l'âme. Avec une chevelure pareille, il est difficile de ne pas la remarquer.

— Cette femme, je l'ai vue parler avec Mme Jeffries, hier soir, devant son échoppe. La pauvre vieille avait l'air complètement terrorisée.

Elle m'a dit ensuite que, à la façon dont Diana la regardait, elle ne pouvait pas faire autrement que de croire aux sorcières.

— Ça nous assure au moins que Mme Jeffries n'est pas partie faire un petit tour comme ça. Quoi qu'il lui soit arrivé, Diana n'y est pas étrangère. Mais ça ne veut pas dire non plus que Niall ait quelque chose à voir avec ça. Tu es d'accord, Prue ? Il n'y a peut-être aucun lien entre lui et…

— C'est possible, Phoebe, lui répondit Prue avec douceur. Et j'espère pour toi que c'est vrai. Mais, pour l'instant, il faut savoir ce qui est arrivé à Mme Jeffries. Allez, viens, assurons-nous déjà qu'elle n'est pas dans sa maison.

Elles vérifièrent rapidement l'étage supérieur, qui n'était autre qu'un grenier aménagé en deux petites chambres, vides, elles aussi, et parfaitement propres. Pendant que Phoebe ouvrait chacun des placards, Prue descendit à la cave pour constater que, là non plus, il n'y avait aucune trace de la vieille femme.

— Tu crois qu'on devrait avertir la police ? demanda Phoebe. Peut-être qu'une déclaration de disparition…

— Non, non. Il faut plus de quarante-huit heures pour qu'on commence à entreprendre des recherches. Et puis, j'ai le sentiment que la magie n'est pas étrangère à tout ça. Si c'est le cas, la police ne pourra rien faire pour nous.

Prenant Phoebe par le bras, elle ajouta :

— Viens, allons retrouver Piper. Il faut qu'on en discute ensemble.

Lorsque Piper regagna l'hôtel, elle était rouge et transpirante. Elle avait couru près de deux kilomètres en un quart d'heure. Pas mal pour quelqu'un qui avait abandonné le jogging depuis des années…

— Ah, te voilà ! lui lança Prue dès qu'elle eut ouvert la porte. Piper, on a un problème. On…

— Ça, tu peux le dire, coupa-t-elle en agitant les mains. Écoutez-moi, toutes les deux, vous n'allez pas croire ce que je vais vous raconter.

Rapidement, elle leur décrivit son étrange rencontre dans la clairière, les gens qui psalmodiaient, la lueur verte qui dansait au-dessus des blocs de pierre.

— Il y avait une femme, aussi, avec de longs cheveux auburn, et un foulard de soie verte autour du cou…

— Diana… murmura Phoebe sans avoir l'air étonnée.

— Je crois bien que c'était elle, reprit Piper. Je ne sais pas quel sortilège ces gens-là lançaient, mais c'était à elle qu'ils le destinaient. À elle et à un homme qui se trouvait à ses côtés. Lui et Diana s'embrassaient.

Piper alla s'asseoir à côté de sa sœur avant d'achever sur un ton grave :

— Cet homme, Phoebe, c'était Niall.

Le visage de la jeune femme blêmit brutalement. Elle se pencha en avant comme si elle venait de recevoir un coup de poing.

— Je suis désolée, murmura Piper. Sincèrement.

— Je sais, souffla Phoebe. Ce n'est pas ta faute. Je croyais tellement qu'il faisait partie des gentils. Et je... je l'aimais tant.

— Eh bien, intervint Prue, on peut dire que ça ne fait que confirmer le reste.

— Ça confirme quoi ? demanda Piper. Tu veux dire qu'il y a autre chose ?

— Et comment ! J'ai la vague impression qu'on vient de buter sur un problème... plutôt délicat. Phoebe, tu veux bien mettre Piper au courant ? J'ai quelques coups de fil à donner.

— Tu travailles ? s'indigna-t-elle. En ce moment ?

— Ce n'est pas exactement du travail. Je vais appeler Darryl Morris. Il est... oui, trois heures du matin à San Francisco. Disons que mon appel le forcera à commencer sa journée un peu plus tôt, aujourd'hui.

— Attends, je ne te suis pas. Tu veux parler du Darryl Morris qui bosse à la brigade criminelle ? Pourquoi lui ?

— Il nous faut l'aide de quelqu'un d'officiel. Quelqu'un qui a les moyens de mettre son nez dans des dossiers aussi privés qu'un historique bancaire ou un casier judiciaire.

L'œil pétillant, elle ajouta :

— Je crois qu'il est temps de nous lancer dans de sérieuses recherches sur un certain Niall Oldman.

5

— Merci mille fois, Darryl ! dit Prue au téléphone. Et encore pardon de t'avoir réveillé… Oui, je te rapporterai un cadeau d'Angleterre… Non, ce ne sera pas une tasse décorée avec la tête de la reine, juré !

Elle raccrocha et se tourna vers ses deux sœurs qui fixaient sur elle un regard impatient.

— Darryl est sur l'affaire, leur annonça-t-elle. Il va appeler un ami à New Scotland Yard et un autre à Interpol. Il nous prévient dès qu'il a des nouvelles. Phoebe, tu as trouvé ce que je te demandais ?

— Oui, voilà.

Elle lui tendit une photo glissée dans une pochette en forme de cadre, au bas de laquelle était écrit : « Souvenir du Bombay Cottage ». Le portrait avait été pris le soir de leur premier rendez-vous, dans le restaurant indien. Dessus, Phoebe souriait, alors que l'expression de Niall traduisait une certaine anxiété. Il avait une main levée comme pour se protéger le visage.

— On dirait qu'il cherche à se cacher, commenta Piper. Excuse-moi, Phoebe, mais avoue que c'est étrange, quand même.

— C'est vrai… admit-elle, le cœur serré.

— Allez, les filles, on se ressaisit, déclara Prue en se levant. L'hôtel doit avoir un fax ; je voudrais faire parvenir cette photo à Darryl le plus vite possible.

— Et, après ? interrogea Phoebe.

— J'ai une idée, dit Piper. Si on se rendait à l'adresse où habite Diana, pour y faire une sorte de repérage. On pourrait prétendre vouloir louer un appartement et, ainsi, obtenir des renseignements sur elle par le propriétaire, non ?

— Excellente idée, fit Prue. Allons-y.

Les trois filles partirent en direction d'Oxford Road et, bientôt, Phoebe reconnut le petit immeuble de style victorien où logeait Diana.

— C'est ici.

— O.K., on entre.

D'un pas décidé, Prue grimpa les quelques marches du perron et sonna chez le gardien. Phoebe se sentait horriblement nerveuse. Et si Diana revenait alors qu'elles étaient encore là ? Pire encore, si Niall lui-même rentrait et les surprenait ? Jamais elle n'aurait le courage de lui faire face.

La porte s'ouvrit sur un petit homme râblé, au

visage rubicond, qui leur jeta un regard soupçonneux.

— Qu'est-ce que je peux faire pour vous, mesdames ?

— Bonjour, lui lança Prue sur un ton enjoué, nous sommes américaines et nous cherchons un appartement à louer pour quelques semaines.

Devant sa mine réjouie, il parut se radoucir.

— Nous connaissons quelqu'un qui habite dans cet immeuble, enchaîna Piper. Elle s'appelle Diana Jones. D'après elle, vous pourriez avoir quelque chose à nous proposer.

— Elle vous a dit ça ? Je regrette mais…

— Elle a dit aussi que c'était un très bel endroit, coupa Phoebe avec un sourire enjôleur, et que le gardien s'en occupait de façon parfaite. C'est bien vous, le gardien ?

— C'est moi, oui. Entrez donc un moment, mesdames. J'étais justement en train de préparer du thé. Faites comme chez vous, je cours éteindre sous la bouilloire.

Dès qu'il eut le dos tourné, les trois sœurs échangèrent un regard triomphant.

— Nous n'avons rien de libre pour le moment, déclara-t-il un instant plus tard en revenant vers elles. Mais, si vous voulez, je vous inscris sur ma liste. On ne sait jamais, quelque chose peut se libérer à tout moment.

— Oui, bien sûr, répondit Prue. Nous ne connaissons pas très bien Diana mais…

Elle s'interrompit d'elle-même puis arbora un immense sourire.

Le gardien les conduisit dans un petit appartement sombre, encombré de meubles en piteux état. Dans un coin, un poste de télé montrait une partie de billard.

— Moi non plus, je ne connais pas très bien miss Jones, observa-t-il en entrant dans une cuisine crasseuse. Elle est plutôt du genre réservé.

— J'ai fait sa connaissance chez un libraire spécialisé dans la magie, précisa Phoebe.

— Vous n'allez pas me faire croire qu'une jolie femme comme vous croit à ces bêtises, rétorqua-t-il en lui jetant un regard de reproche.

— Moi ? Oh, non, bien sûr. Je traînais dans le coin, c'est tout. Mais Diana, elle y croit fort à la magie, n'est-ce pas ?

L'homme versa de l'eau bouillante dans une tasse qui semblait attendre dans l'évier depuis des jours. L'espace d'un instant, Phoebe eut très peur. Et s'il lui prenait l'idée de leur offrir du thé ?

Heureusement, il n'en fit rien.

— Comme je vous disais, je ne la connais pas très bien, reprit-il en mélangeant son sucre avec une cuiller aussi peu avenante que le reste. Mais je suis allé plusieurs fois chez elle, pour y faire quelques bricoles. C'est plein de bougies, de tout un tas de saintetés, et autres trucs du genre.

S'asseyant sur une chaise branlante, le gardien poursuivit en soupirant :

— Un jour, comme je devais réparer un tuyau dans le fond d'un placard de sa cuisine, elle s'est jetée sur moi en m'arrachant de là. Elle a crié que je ne devais rien toucher sans sa permission et que, si j'avais besoin de quelque chose, je devais lui demander d'abord. Ces histoires de druides et de magie, vous savez, ça ne me branche pas trop, moi. Avec leurs robes blanches et leurs cérémonies en pleine nuit, ça me fait plutôt rigoler. Ma femme était un peu là-dedans, elle aussi. Elle marmonnait des chants bizarres à longueur de temps.

Il leva les yeux au ciel et ajouta :

— Mais tout ça, c'est fini, maintenant. Dieu merci.

— Je suis désolée, dit doucement Prue. A-t-elle disparu récemment ?

— Disparu ? répéta-t-il en éclatant d'un énorme rire. Ça, vous pouvez le dire ! Elle a filé avec le directeur de la banque, oui. En me laissant veiller tout seul sur ce mausolée.

— Oh… lâcha Piper avant d'étouffer un rire.

— Et le petit ami de Diana ? demanda Prue, de l'air le plus sérieux du monde.

— Vous voulez dire, la grande asperge au regard

fuyant ? Celui qui a les cheveux longs et qui s'habille plutôt bizarre ?

Phoebe ne put réprimer un frisson. C'était bien Niall…

— Oui, exactement, répliqua Prue. Il donne dans la magie, lui aussi, n'est-ce pas ?

— Je n'en sais rien, répondit-il en se grattant le ventre. Ça ne fait que deux semaines que je le vois traîner ici. Il est… tombé du ciel, si j'ose dire.

Phoebe ressentit comme un éclair de soulagement. Peut-être l'histoire de Niall était-elle vraie. Peut-être se trouvait-il vraiment là pour affaires.

— Pourtant, j'ai l'impression que ces deux-là se fréquentent depuis un bout de temps, poursuivit-il. Ils passent leurs nuits à se disputer.

— À se disputer ? répéta Piper. À quel sujet ?

— Si je le savais… Je les entends hurler toutes les saintes nuits. « Je ne vais pas jouer les étalons soumis ! » qu'il se met à crier. Et elle, qui lui renvoie : « Tu n'as pas le choix, tu le sais ! » Peut-être qu'elle veut un bébé et que lui il n'en veut pas. C'est souvent comme ça que ça se passe, non ?

— Hum… eh bien, dit soudain Piper en se levant, je crois que nous vous avons fait perdre assez de temps. Vous devez être très occupé et…

— C'est vrai, c'est vrai, admit-il avec un soupir.

Le billard à la télé devait lui prendre beaucoup de temps, songea Phoebe avec ironie.

— Mais, laissez-moi votre nom pour l'appartement. Je vous appelle, s'il y en a un qui se libère.

— Euh… c'est nous qui vous rappellerons, corrigea Prue en se dirigeant vers la porte d'entrée.

Suivie de ses sœurs, elle se rua au-dehors et leur demanda :

— Est-ce qu'on est plus avancées, maintenant ?

— Pas tellement plus qu'il y a vingt minutes, reconnut Phoebe. D'accord, on sait que Diana est impliquée dans ces histoires de druides, et que Niall et elle n'arrêtent pas de se disputer. Mais, voilà…

— Et moi, intervint Piper, une main sur l'estomac, je sais une chose, c'est que je meurs de faim ! Vous ne voyez pas d'objection à ce qu'on discute de tout ça devant un déjeuner ?

— Oui, moi aussi, affirma sa sœur aînée. Allez, on rentre à l'hôtel.

Tandis que Prue faisait les cent pas dans leur suite en attendant un coup de téléphone de Darryl, et que Phoebe se morfondait à propos de Niall, Piper était descendue dans le petit jardin de l'hôtel Trelawney.

Elle avait emporté avec elle son livre sur les fleurs sauvages et tentait de composer son charme d'amour.

— Hum… articula-t-elle pour elle-même, c'est

plus difficile que je ne l'aurais cru. Tresser des fleurs en forme de cœur, ce n'est pas évident…

À cet instant, une ombre passa au-dessus de son livre ouvert. Levant les yeux, Piper vit alors devant elle un homme au crâne chauve et à la carrure imposante, vêtu d'une veste de tweed, et dont le visage avait quelque chose de vaguement familier. Il regardait autour de lui, comme s'il cherchait quelqu'un. Mais, à part elle, il n'y avait personne dans le jardin.

De sa poche, il sortit une montre reliée à une chaîne d'argent, et la consulta. Ce qu'il vit ne parut guère l'enchanter. Comme il exprimait son impatience en se raclant la gorge avec bruit, Piper se rappela soudain où elle l'avait rencontré. Dans le magasin d'Evan Rhys. C'était Sir Andrew.

— Oh, bonjour, lui dit-elle en souriant.

Lorsqu'il se retourna, elle lui brandit son livre sous le nez afin qu'il puisse en voir la couverture.

— Vous vous rappelez ? Les fleurs sauvages…

— Euh… Hem… Très heureux de vous revoir, mademoiselle. Mais, vous voudrez bien m'excuser… un rendez-vous important…

De nouveau, il scanna les environs puis fit volte-face et disparut à l'intérieur de l'hôtel. Amusée, Piper se replongea dans la confection de son bouquet. Une vingtaine de minutes plus tard, elle put admirer son œuvre. Le cœur était un peu de guingois mais tout à fait reconnaissable. *Pas si mal, pour un premier essai*, songea-t-elle avec satisfaction. *Si je le fais sécher, il sera très joli et fera au moins un beau souvenir…*

Piper allait refermer le livre quand elle se rappela qu'elle n'avait pas prononcé les paroles du charme. Alors, tenant le bouquet contre son cœur, elle commença à réciter :

Par cette fleur de mauve, à tout jamais,
Reste fidèle à ta bien-aimée.
Par cette sanguinaire, que ton cœur toujours
Brûle des feux de la passion.
Vois le charme que j'ai tressé pour toi,
Mon amour, et sois à moi pour l'éternité.

Son incantation achevée, Piper referma le livre puis jeta un coup d'œil gêné autour d'elle. Quelqu'un l'avait-il entendue ? Non, le jardin était vide. Elle avait bien vu Sir Andrew ressortir, sans doute à la recherche de son ami, mais il était parti dans la direction opposée.

Toutefois, il avait dû la surprendre en train de réciter son poème magique, car elle le vit soudain apparaître devant elle. L'air très intrigué, il secoua la tête et lui demanda :

— Pardonnez-moi, mademoiselle, pourriez-vous répéter ce que vous chantiez il y a un instant ?

— Euh… oh, ce n'était rien, balbutia-t-elle en rougissant. Juste quelques vers sans intérêt que j'ai trouvés dans ce livre. Je les lisais tout haut, c'est tout.

Comme elle se levait pour rentrer, Sir Andrew lui lança :

— Attendez ! Ne partez pas !

Surprise, Piper s'arrêta net.

— Euh… poursuivit-il, pourquoi vous en aller ainsi ? Il fait si beau. Je dis toujours que juin est le plus beau mois de l'année. Vous ne croyez pas ?

— Si, bien sûr, répondit-elle, quelque peu intriguée.

Qu'est-ce qui se passe ? Pourquoi est-il si aimable avec moi tout d'un coup ?

— Avez-vous vu les roses thé ? continua-t-il. Le Trelawney a un jardin honorable, tout à fait honorable. Laissez-moi vous les montrer, elles sont splendides.

Sans attendre sa réponse, le vieil homme entraîna Piper vers un massif de roses couleur pêche au parfum délicat. Il cueillit alors une des fleurs et, d'un geste galant, la lui offrit.

— Si je puis me permettre, articula-t-il en rougissant jusqu'aux oreilles, sa beauté fait pâle figure à côté de la vôtre, ma chère.

Oh, non ! songea soudain Piper avec effroi. *Le charme… il aurait marché ?*

Sur Sir Andrew !?

— Merci, c'est très gentil mais… je dois vraiment m'en aller, reprit-elle en se dépêchant vers l'hôtel. J'ai un million de choses à faire.

— Attendez ! insista-t-il. Je peux vous montrer les roses de mon jardin, si vous préférez... mademoiselle. Euh... pardonnez-moi, mais je... j'ai oublié votre prénom !

— Piper, répondit-elle machinalement. Piper Halliwell.

Arrivée devant l'ascenseur, elle appuya d'un doigt fiévreux sur le bouton d'appel.

— Quel nom ravissant ! lui déclara Sir Andrew en la rejoignant. Jamais je n'en ai entendu d'aussi joli. Miss Halliwell, je veux dire... Piper, accepteriez-vous de dîner avec moi, ce soir ?

Dans quelle galère suis-je allée me fourrer ? songea-t-elle avec désespoir. *Ce stupide charme a trop bien marché ! J'ai rendu Sir Andrew amoureux de moi !*

Et pourquoi ce diable d'ascenseur n'arrivait-il pas ?

— Je connais un endroit charmant, près de la rivière, insista-t-il en posant sur sa main une paume moite d'émotion. Dites-moi que vous viendrez !

Il la collait tellement qu'il l'écrasait presque contre le mur.

— S'il vous plaît !

— Impossible, lâcha-t-elle. Je... j'ai d'autres projets pour ce soir.

Comment allait-elle se sortir de ce guêpier ?

Par bonheur, l'ascenseur se décida enfin à arriver, et les deux portes s'ouvrirent devant eux. Piper se rua dedans, bousculant au passage une cliente de l'hôtel qui s'apprêtait à sortir. Ignorant son regard noir, elle plaqua une main nerveuse sur le numéro de son étage.

Sir Andrew tenta bien de la suivre, mais il en fut empêché par la femme, qui s'interposa malencontreusement entre lui et Piper.

— Si vous voulez bien me laisser passer, madame, lui dit-il.

— Si *vous* voulez bien me laisser sortir ! lui rétorqua-t-elle sur un ton outré en le forçant à s'écarter.

— Ravie de vous avoir revu, Sir Andrew, lui lança Piper tandis que les portes se refermaient.

— Mais… mais, Piper ! s'écria-t-il. Ma chérie, attendez ! Je vous aime !

L'enfer ! Piper s'appuya contre la paroi et laissa échapper un long soupir.

Elle venait de faire la gaffe du siècle !

— C'est ça, merci, Darryl… Non, sincèrement, je ne peux rien te dire de plus. C'est une affaire de sorcière. Avec un grand S. Désolée, vraiment… Encore merci. Je te rappelle un peu plus tard.

Prue s'effondra dans le fauteuil en faisant la grimace. Elle était de plus en plus inquiète.

— Alors ? lui demanda Piper. Qu'est-ce qu'il a trouvé ?

— Oui, vas-y, je suis prête à tout entendre, maugréa Phoebe, assise sur un coin de table.

— Il n'y a rien de spécial, justement, répondit Prue. Et c'est ça, le plus étrange : il n'y a rien sur Niall. Pas le moindre renseignement. Pas de certificat de naissance, pas d'adresse, pas de numéro de téléphone… rien. Évidemment, il pourrait utiliser un faux nom, mais ça ne lui servirait qu'à avoir l'air de cacher à la police un passé douteux. Je ne comprends pas…

— Bon, ça suffit, tout ça ! s'exclama soudain Phoebe en bondissant sur ses pieds. C'est nul d'essayer de deviner qui est Niall et ce qu'il mijote. Ce qu'il faudrait, c'est une bonne confrontation pour le forcer à cracher le morceau !

— Phoebe, protesta Piper, c'est quand même assez risqué, surtout qu'on ne sait pratiquement rien de lui.

— Qu'est-ce qu'on risque, justement ? On est les *Charmed*. Ensemble, on détient le Pouvoir des Trois. Même si Niall est un sorcier, un démon ou je ne sais quoi, je suis sûre qu'on reste plus fortes que lui.

— Oui, mais… Prue, dis quelque chose, toi.

Leur sœur aînée se tortillait une mèche de cheveux d'un air songeur. Elle savait que Phoebe avait envie d'en découdre une bonne fois avec Niall, et de se débarrasser au plus tôt de la sale impression qui la rongeait. Mais, cependant…

— Je suis d'accord avec Phoebe, finit-elle par déclarer. Le Pouvoir des Trois est une arme sérieuse et, pour le moment, avec les méthodes conventionnelles qu'on utilise, on n'avance pas d'un pouce. Je crois qu'on devrait essayer ce que propose Piper.

— Tu es sérieuse ? s'écria Phoebe, ravie de cette décision. Alors, O.K., on se lance. Je crois qu'il va avoir droit à sa leçon. Mais… je vous laisse agir, les filles. Je me planquerai dans la salle de bains pendant que vous lui parlerez. J'ai trop peur de me retrouver en face de lui, pour l'instant. En revanche, si vous avez besoin de moi pour le Pouvoir des Trois, je vous soutiendrai à cent pour cent. Ça marche ?

Prue se mit à rire.

— D'accord. Enchantée de savoir qu'on peut quand même compter sur toi. Mais tu aurais intérêt à filer tout de suite dans la salle de bains car, si j'ai bien compris, Niall passe te prendre à six heures. C'est dans deux minutes.

— Aïe ! glapit-elle avant de saisir un magazine. Je m'en vais… mais j'écoute tout, ne vous inquiétez pas !

Quelques instants plus tard, des coups résonnèrent à la porte de la suite. Prue et Piper échangèrent un regard.

— Ça y est.

Prue se carra les épaules et alla ouvrir. Niall apparut sur le seuil, souriant dans un T-shirt de coton blanc et un jean noir, qui semblaient flambant neufs. Ainsi vêtu, il avait plutôt l'air d'un top model que d'un sorcier.

Après l'avoir gratifié d'un sourire glacé, l'aînée des Halliwell le fit entrer. Il salua Piper d'un signe de tête puis jeta un regard autour de lui.

— Phoebe n'est pas là ?

— Elle ne devrait pas tarder, répondit Prue en verrouillant discrètement la porte dont elle glissa la clé dans sa poche.

Non pas qu'une porte fermée retienne Niall s'il détenait vraiment des pouvoirs magiques mais, quelque part, cela la rassurait.

— Asseyez-vous, dit-elle en lui indiquant le fauteuil. Je crois qu'on a des choses à se dire.

— Encore des questions ? s'étonna-t-il avec un petit rire forcé.

— Si on veut, murmura Piper.

Prue vint se planter devant lui, croisa les bras et lui demanda :

— Si vous commenciez par nous dire qui vous êtes, en réalité ?

— Et ce que vous faisiez avec ce groupe de druides dans la clairière, près de ces énormes pierres ? continua Piper.

Ce qui déclencha une réaction certaine, chez

Niall, car Prue décela une imperceptible étincelle de surprise dans ses yeux.

— Je… je ne comprends pas de quoi vous parlez.

— Ne racontez pas d'histoires, reprit Piper, je vous ai vu !

— Qui êtes-vous ? insista Prue. Qu'avez-vous fait à Mme Jeffries ? Et qu'est-ce que vous voulez à Phoebe ?

— Je ne sais pas qui est Mme Jeffries. Et qu'est-ce que Phoebe vient faire dans tout cela ?

Niall commençait à montrer de l'agacement.

— Vous ne le savez pas, peut-être ? demanda Piper avec colère. Avouez plutôt que vous avez monté tout ça pour vous emparer du Pouvoir des Trois ! Mais vous n'y arriverez pas ! On ne vous laissera pas faire !

— Le pouvoir de… quoi ? répéta-t-il en regardant les deux sœurs l'une après l'autre. Écoutez, je ne comprends rien à ce que vous me dites, et je ne reste pas une seconde de plus ici ! Dites à Phoebe que je la retrouve en bas.

Sur ces mots, Niall se leva et se dirigea vers la porte.

— Vous ne sortez pas d'ici ! s'interposa vivement Prue.

Sans même décroiser les bras, elle fit un geste de la main… qui envoya Niall valser à travers la pièce, avant d'atterrir dans le fauteuil d'où il venait de se lever.

Stupéfait, il articula :

— Vous… vous êtes une sorcière ?

— Si c'est à ça que vous voulez jouer, oui, je suis une sorcière. Mes sœurs aussi.

— Et pas les moins puissantes, crut bon d'ajouter Piper. Croyez-moi, il vaut mieux éviter de s'opposer à nous. Je vous suggère donc fortement de nous dire ce que vous voulez.

— Vous… vous êtes toutes des sorcières !? répéta Niall d'une voix cassée.

La sincère surprise qu'il montrait intrigua Prue.

Et ce qu'elle entendit ensuite ne fit que la déconcerter davantage :

— Merci, mon Dieu ! s'écria-t-il avant de se tourner vers les deux jeunes femmes. Je vous en supplie, aidez-moi ! J'ai absolument besoin de vous !

6

— Répétez, lâcha Prue. Vous avez besoin de nous ?

— Oui, oui ! répondit Niall, les mains jointes en signe de supplication. Dieu du Ciel, merci de vous avoir trouvées ! Je vais peut-être pouvoir sortir de ce cauchemar !

— Quel cauchemar ?

— Autant commencer par le début, je crois. Mais… cela risque d'être long. J'espère que vous avez un peu de temps à m'accorder.

Du coin de l'oreille, Prue entendit s'ouvrir la porte de la salle de bains. Puis elle vit Phoebe se glisser discrètement vers la chambre.

— Je ne suis pas ce que vous croyez, déclara Niall.

— Sans blague, ironisa Piper.

— J'ai été amené ici, il y a deux semaines, par Diana et un groupe de druides.

— Vous avez été amené ? répéta Prue, intriguée. Mais d'où ?

— Pas *où*, corrigea-t-il. *Quand*, serait plus juste.

Prue retint son souffle.

— Vous voulez dire que vous... que vous venez d'une autre époque ?

— Oui, d'une époque lointaine. Comment vous décrire le choc que j'ai eu en débarquant dans ce siècle ? J'arrive de l'année 584, voyez-vous. Cela, bien sûr, si l'on se base sur votre calendrier. Le nôtre était quelque peu différent.

De la porte de la chambre, Phoebe ne put réprimer un hoquet de surprise. À ce bruit, Niall se retourna et eut l'air plus que soulagé de la voir.

— Ah, Phoebe, murmura-t-il, vous étiez là... Je suis vraiment désolé de vous avoir caché la vérité mais...

— Ça n'a plus d'importance, maintenant, coupa-t-elle en les rejoignant dans le salon. L'année 584 ? C'est l'époque du roi Arthur, ça. Et tu dis que... ?

— Que je viens de sa cour, oui, répliqua-t-il avec un sourire soudain. C'est pourquoi je peux assurer avec certitude qu'il ne savait pas monter à cheval. Les chevaux le faisaient éternuer.

— Pas si vite, lui dit Prue, les mains sur les hanches. Pour quelles raisons devrait-on vous croire ? Vous avez une preuve de ce que vous avancez ? Vous pouvez nous prouver que vous venez d'un passé vieux de plus de mille quatre cents ans ?

Écartant le col de sa chemise, Niall exhiba une fine pochette de cuir qui pendait à son cou. Il la secoua au-dessus de sa paume et quelques pièces d'argent en tombèrent, qu'il tendit à Prue.

— Vous vous y connaissez en antiquités, je crois. Vous reconnaîtrez donc ceci, sans aucun doute.

Prue examina les pièces, froides et lourdes dans sa main. Elles avaient une forme légèrement irrégulière, et toutes étaient frappées de la même tête romaine couronnée. Elle sentit son cœur battre plus fort. Impossible qu'elles soient fausses.

— Vous avez pu les fabriquer vous-même ? suggéra-t-elle malgré tout.

— C'est vrai, j'aurais pu, reconnut-il. Mais cela demanderait un travail fou. Quoi qu'il en soit, je n'ai rien fait de tel. Je les avais sur moi lorsque je… j'ai été pris.

— Attendez, intervint Piper. D'accord, vous nous montrez ces pièces d'argent. Mais, qui nous dit que vous ne les avez pas achetées chez un antiquaire, ou volées dans un musée, par exemple ?

— En fait, elles ne sont pas anciennes, fit remarquer Prue. Regarde les bords, ils ne sont pas émoussés du tout. Et les dessins, ils ont encore tout leur relief. Ces pièces n'ont pas mille quatre cents ans ; elles ont une vingtaine d'années, tout au plus.

— Niall, reconnais que ce n'est pas une preuve, déclara Phoebe. Tu as pu forger toi-même ces pièces, comme le dit Prue, ou tu as pu les recevoir par magie.

— D'accord, ce n'est pas une preuve ! s'exclama Niall en plaquant les paumes sur les bras de son fauteuil. Mais aujourd'hui, à cette époque merveilleuse où tout est possible, comment vous prouver quoi que ce soit ? Je ne suis qu'un homme ordinaire, issu d'un âge parfaitement ordinaire. Je crois à la magie et aux miracles. Et je vous jure que je dis la vérité ! Que puis-je faire d'autre ?

Un long silence s'ensuivit. Puis, d'une voix calme, Prue repartit :

— D'accord, Niall, en supposant qu'on vous croie, toutes les trois… racontez-nous la suite de votre histoire.

Poussant un profond soupir, il se pencha en avant et déclara :

— Je suis le fils du druide Merlin et de Nyfein l'Enchanteresse. Je crois qu'aujourd'hui vous l'appelez Nimue ou Viviane, mais je peux vous assurer que son nom est Nyfein.

— Merlin… ? répéta Phoebe, stupéfaite. Comme… Merlin l'Enchanteur ? Mais, il n'avait pas de fils. Ou, du moins, pas dans les livres que j'ai lus.

— Personne ne savait qui étaient mes vrais parents, expliqua Niall. Mon seigneur Arthur a jugé préférable de le cacher, pour ma propre sécurité. Moi-même, je ne les ai jamais connus. Ma mère a enfermé mon père dans un château d'air jusqu'à ma naissance. Lorsque je suis né, elle s'est enfuie – personne n'a jamais su où. Mais je crois qu'ils se sont retrouvés tous les deux dans ce château… et qu'ils y sont encore.

Prue remarqua qu'il parlait à une cadence différente, à présent. Sa voix était plus lente, plus profonde, et son accent plus marqué encore.

— J'ai été élevé à Caer Annyl, sur la côte, par une noble famille proche de mon seigneur Arthur. Je suis son féal sujet, le capitaine de l'un de ses galions. Ou, du moins, l'étais-je jusqu'à il y a une quinzaine de jours, lorsque je menais mon navire hors de l'embouchure de la rivière Severn. Je me tenais sur la proue, observant le large au loin, lorsqu'un gigantesque tourbillon s'est ouvert sous mes yeux et m'a absorbé. Quand j'ai pu à nouveau voir et entendre, je me trouvais… là-bas. Au pied des pierres levées.

Se tournant vers Piper, il ajouta :

— Là où vous m'avez vu, ce matin. C'est Diana qui m'a propulsé dans votre époque. C'est la grande prêtresse de ce groupe de druides. Des druides, voilà comment ils osent s'appeler ! De pauvres créatures malavisées pour la plupart, qui ont lu trop d'inepties sur les anciens, et qui n'aspirent qu'à fuir l'existence étroite dans laquelle elles se sentent emprisonnées.

« Diana, elle, est différente, poursuivit-il en se

tournant vers la fenêtre. Elle a peu de pouvoir personnel mais rêve d'en posséder beaucoup plus. Et elle croit en avoir trouvé le moyen… à travers moi.

— Vous voulez dire que… qu'elle essaie de vous voler votre pouvoir ? lui demanda Piper, mal à l'aise.

— Non, je n'ai pas de pouvoir. Bien que mes parents aient été les deux plus grands magiciens de la création, ils ne m'ont transmis aucun de leurs pouvoirs. Pas directement, en tout cas. Mais Diana prétend qu'ils sont dans mon sang.

— Comme un gène récessif, murmura Piper. Avec une logique un peu folle, effectivement…

— Alors, demanda Prue, si vous avez ces pouvoirs dans le sang, comment Diana compte-t-elle les récupérer ? Par transfusion ?

— Il existe un ancien rite, expliqua Niall, qu'Arthur avait banni, cependant. Avant cela, il était célébré chaque année, au soir de la Saint-Jean. Certains druides, ici, le nomment Beltane, mais jamais on ne l'avait appelé ainsi à mon époque.

— Beltane ? répéta Phoebe. Je me souviens avoir lu quelque chose là-dessus. Ce ne serait pas un rituel ayant trait à la fertilité, par hasard ?

— En un sens, oui. Ce rite célèbre l'union du Dieu Soleil avec la Reine de l'Été.

Prue nota que Niall évitait soigneusement le regard de Phoebe. Pourquoi semblait-il aussi embarrassé ?

— Quel genre d'union ? demanda précisément celle-ci.

— Eh bien… un homme est choisi pour représenter le Dieu Soleil, ainsi qu'une femme, pour être la Reine de l'Été. Et, lors de la nuit de la Saint-Jean, ils sont oints avec des huiles rituelles, vêtus des robes de cérémonie et amenés devant les pierres levées.

Il s'arrêta un instant, hésita, puis vit que Prue lui faisait signe de poursuivre.

— Le but de ce rite est de donner naissance à un enfant, afin de renouveler l'année au moment où celle-ci commence à décroître. Pour continuer le cycle de la vie. Pour…

— Attendez, l'interrompit Prue. Vous dites, *donner naissance à un enfant* ?

— Oui… articula Niall en se redressant dans son fauteuil.

— Une petite précision, alors : qui représente le Dieu Soleil, et qui représente la Reine de l'Été ?

— Je vous laisse le plaisir de le deviner, marmonna Phoebe.

— Alors, vous et Diana allez recréer cet ancien rituel banni par le roi Arthur et… faire un enfant, c'est ça ? demanda Prue sur un ton incrédule. Mais, dans quel but ?

— Je vous l'ai dit, elle veut des pouvoirs. Elle croit qu'un enfant qui aura mon sang dans ses veines sera aussi puissant que Merlin, mon père.

Peut-être même davantage. Et, comme il sera le sien, elle en aura le contrôle absolu.

Se tournant vers Phoebe, Niall ajouta :

— S'il te plaît, tu dois me croire ; je ne voulais rien de tout cela. J'ai été amené ici contre mon gré. Diana me garde sous son emprise. Je n'éprouve aucun amour pour elle.

— C'est ça, reprit Phoebe en tapotant la table de ses doigts nerveux. Et tu n'as jamais eu l'idée de lui dire non. Ou alors, c'était agir de façon trop humaine, selon toi ?

— Bien sûr, j'aurais refusé... si seulement j'avais pu ! protesta-t-il avec véhémence. Mais c'est impossible, ils me tiennent en leur pouvoir. Eux seuls ont pu m'amener jusqu'ici, et eux seuls pourront me renvoyer dans le passé... si je fais ce qu'ils m'ordonnent. Et, s'ils ne me renvoient pas là-bas à minuit, le soir de la Saint-Jean, je mourrai. De façon horrible. Ces mille quatre cents ans me dévoreront d'un coup. Je tomberai en poussière, en l'espace de quelques instants.

Se laissant aller contre le dossier de son fauteuil, Niall précisa :

— Si je refuse, je scelle mon destin. Toutefois, tant qu'ils me croient volontaire pour leur servir d'étalon, ils me laissent circuler librement. Ainsi, je peux espérer trouver le moyen de rentrer chez moi.

De nouveau, un lourd silence s'installa.

Enfin, Phoebe leva la tête et demanda :

— Pourquoi m'avoir entraînée dans tout ça ? Si vraiment tu ignorais que j'étais une sorcière, pourquoi être venu me chercher ?

— C'était plus fort que moi, avoua Niall. Quand je t'ai vue dans ce magasin, il y avait une lueur dans tes yeux... juste avant que tu ne t'évanouisses. Quelque chose qui m'est allé droit au cœur. Jamais je n'avais rien ressenti de tel, auparavant. Ensuite, je me suis senti incapable de m'éloigner de toi.

Il fixait Phoebe en parlant, et Prue vit qu'elle était au bord des larmes.

— Et que faisiez-vous dans ce magasin ? lui demanda-t-elle.

Elle se rappelait l'empoignade que Phoebe lui avait décrite, lorsque Niall avait essayé de lui dérober le morceau de parchemin.

— Que cherchiez-vous, alors ?

— Le moyen de rentrer chez moi. On dit que mon père avait le don de double vue. J'ignore si c'était vrai, mais je sais qu'avant ma naissance il avait laissé un message pour moi. Une lettre disant que, si je me trouvais pris au piège dans le pays d'étrangers, il avait écrit un sortilège qui aurait le pouvoir de me ramener chez moi. Il ne me restait qu'à découvrir où se cachait cette formule magique.

— Il ne pouvait pas tout simplement vous la laisser dans la lettre ? s'étonna Piper.

— Je n'ai jamais compris les lois tortueuses qui gouvernent les prophéties, répliqua-t-il. Quoi qu'il en soit, j'ai remué ciel et terre pour retrouver ce sortilège. Voilà ce que je faisais chez Caer Wydyr.

— Et tu n'as rien trouvé, commenta Phoebe sur un ton désabusé. Voilà pourquoi tu semblais si contrarié.

— Oui, avoua-t-il. Mon père aurait écrit ce sortilège sur une feuille de parchemin, et ce morceau que tu venais de trouver était couvert de ce qui ressemblait à des runes. Mais, en fait, il devait s'agir d'un brouillon griffonné par quelque scribe, car ce n'était que du charabia.

— Excusez-moi, lança soudain Piper qui se tenait près de la fenêtre, mais il y a quelque chose qui m'échappe. Vous dites que vous débarquez du sixième siècle et que vous n'êtes là que depuis deux semaines. Pourtant, vous avez l'air tout à fait moderne. Vos habits sont de notre époque, vous parlez comme nous, vous ne semblez pas effrayé par les inventions du vingtième siècle comme la télé, les voitures ou l'électricité. Comment est-ce que vous expliquez tout ça ?

— C'est Diana, répondit Niall. Grâce à la magie des druides, elle m'a bourré le crâne de toute une vie de savoir, et cela en une semaine. Mais, croyez-moi, il reste encore beaucoup de choses qui me choquent, dans votre monde. Pas seulement les inventions comme les voitures, les avions ou les ordinateurs, mais aussi la façon dont les gens se comportent entre eux. L'absence de rang me surprend beaucoup. Et les femmes, elles ont une telle liberté !

— Hum... sourit Prue. J'aurais une autre question à vous poser. Qu'est-ce qui est arrivé à Mme Jeffries ?

— Honnêtement, je ne vois pas ce que vous voulez dire.

— La vieille femme qui vend des fraises, lui précisa-t-elle. Hier, je vous ai vus lui parler, vous et Diana. Elle a d'ailleurs eu très peur de ce que votre prêtresse lui a dit. Et, aujourd'hui, elle semble avoir disparu. Savez-vous où elle est passée ?

— Je ne sais pas où elle est, admit-il tandis que son regard s'assombrissait. Mais je crois pouvoir dire pourquoi elle a disparu. Je vous ai dit que mon seigneur Arthur avait proscrit le rituel de la Saint-Jean, mais je ne vous ai pas révélé pourquoi.

Il inspira profondément puis laissa tomber :

— Ce rituel a été proscrit car il exigeait un sacrifice.

— Un sacrifice... humain ? interrogea Piper d'une voix étranglée.

— Oui. La tradition veut qu'on érige une figure géante en osier, dans laquelle on enferme le sacrifié, puis on y met le feu. Diana m'a dit ce matin que les druides étaient en train de la construire. Et, hier, j'ai remarqué qu'elle avait cherché partout quels amis de Mme Jeffries pourraient remarquer son absence. Si elle a disparu, c'est parce que Diana a l'intention de se servir d'elle lors du rituel.

— Mon Dieu ! souffla Prue qui allait et venait comme un lion en cage.

C'était sérieux. Mortellement sérieux !

Elle s'arrêta brusquement pour faire face à Niall.

— Il faut qu'on discute de tout ça entre sœurs, lui dit-elle sur un ton sec. En privé.

— Bien sûr, répliqua-t-il en se levant. Dois-je attendre en bas.

— Inutile.

Pour être franche, je préfère te garder dans le collimateur, si tu n'y vois pas d'inconvénient.

— Piper, si tu veux bien… ?

— O.K., répondit-elle avant de diriger un index recourbé sur Niall.

Qui se figea net en train de se lever, une expression de surprise sur le visage. Phoebe le considéra un instant, puis se détourna.

— Beuh… on ne peut pas aller ailleurs pour discuter. Il a l'air trop bizarre, comme ça.

Une fois qu'elles furent installées dans la chambre, Prue demanda :

— Alors, où en est-on, maintenant ?

— Moi, je dois reconnaître que je le crois, déclara Piper au bout d'un moment. C'est l'histoire la plus dingue que j'ai entendue mais… Je ne sais pas. Je le crois, c'est tout. On n'invente pas une chose pareille.

— Oui, soupira Prue. Moi aussi, j'aurais tendance à le croire.

— Super ! s'écria Phoebe en se jetant à la renverse sur le lit. Je suis trop contente que vous le croyiez ! J'étais tellement persuadée que, si je marchais dans son histoire, c'était parce que j'avais un faible pour lui, vous comprenez ?

Roulant sur le ventre, elle enchaîna :

— Alors, on va l'aider ?

— Attends, attends, Phoebe, lui dit Prue. Il y a encore tout un tas de choses qu'on ne sait pas.

— Oui, jusqu'où vont les pouvoirs de Diana, par exemple, précisa Piper.

— Oh, elle ne nous arrive pas à la cheville, j'en suis sûre.

— Il nous faut aussi trouver où ils détiennent Mme Jeffries, et savoir comment on va la sortir de là, ajouta Prue. Je ne veux rien entamer tant que je ne la sais pas en sécurité.

— Oui, bien sûr, dit Phoebe. Mais, on va aussi aider Niall, hein ?

Prue et Piper échangèrent un regard.

— Oui, Phoebe, ne t'en fais pas. Nous allons l'aider.

— Parfait, reprit-elle. Alors, au boulot. Parce que, au cas où vous ne l'auriez pas remarqué, on est le 20 juin. Ce qui veut dire que c'est demain, la Saint-Jean !

7

— Ce qu'il nous faut, déclara Piper, c'est un charme de localisation.

Il était huit heures du soir, et les Halliwell dînaient en compagnie de Niall au *Black Dog*, un pub situé tout près du château de Hay.

Prue, qui surveillait d'un œil nerveux la longue salle au plafond voûté, finit par se rassurer d'elle-même. Aucun des clients ne prêtait attention à ce que disait Piper. Personne n'était intéressé par leur conversation.

— Un charme de… localisation ? demanda Niall. Pour quoi faire ?

— D'abord, pour nous aider à localiser Mme Jeffries, répondit Prue.

— Et, ensuite, pour nous aider à retrouver le sortilège écrit par ton père, continua Phoebe.

— Pourquoi vous faut-il retrouver les runes de mon père ? Ne pouvez-vous pas simplement me renvoyer chez moi ?

— Euh… non, reprit Piper. Même si on a réussi à se propulser nous-mêmes dans le temps à plusieurs occasions, la formule magique qu'on utilisait ne marchait pas sur celui qui n'avait pas nos pouvoirs.

— Tu vois, lui dit Phoebe, nous sommes toujours en train d'apprendre. Nous ne savons pas encore inventer de sortilège, comme Merlin. Ceux que nous utilisons sont inscrits dans un grand livre, qui se trouve dans notre grenier, à San Francisco.

— Je comprends, dit Niall en renvoyant un gentil sourire à Phoebe. Alors, comment faire pour retrouver cette formule magique ?

Il est trop craquant, reconnut Prue. *Et il semble réellement épris de Phoebe. C'est bon signe.*

— Il y en a plusieurs dans le *Livre des Ombres*, lui expliqua Piper en jetant un regard à Prue.

— Exactement, reprit celle-ci avant d'avaler une dernière bouchée d'agneau. Bon, il faut vraiment que j'y aille.

— Vous partez ? interrogea Niall, surpris.

— Pour San Francisco, le rassura Phoebe. C'est là que se trouve le livre, souviens-toi.

— Mais… mais.

L'air désespéré, il regarda les trois sœurs l'une après l'autre, et Prue ne put s'empêcher de rire.

— C'est à des milliers de kilomètres d'ici, se lamenta-t-il. Même dans l'un de vos grands avions, cela vous prendra au moins deux jours. Et la Saint-Jean est demain ! Nous n'aurons pas le temps !

— Ne t'inquiète pas, lui dit Phoebe en lui prenant la main. Prue voyage à la façon ancienne. Elle a le pouvoir de faire de la projection astrale. De sortir de son corps, si tu préfères. Tu ne verras même pas qu'elle est partie parce que, matériellement, elle ne sera pas partie. Sauf en esprit. Tu saisis ?

— Oui, je... je crois.

Niall semblait néanmoins très perturbé. Et Prue n'arrangea pas les choses lorsqu'elle annonça qu'elle « s'en allait », sans pouvoir s'empêcher d'ajouter :

— Si la serveuse arrive, commandez-moi un autre cidre... que j'aie au moins l'air d'être là.

— Mon Dieu... murmura Niall en se prenant la tête entre les mains.

— O.K., à tout à l'heure, grande sœur ! lança Piper avec un petit rire.

Prue ferma les yeux et se concentra. En quelques secondes, elle éprouva cette impression à présent familière de légèreté, d'attraction irrésistible vers le haut, à travers un long et profond tunnel. Puis elle se vit émerger au milieu d'un ciel radieux, survoler les collines, la mer et les champs, redescendre en frôlant les cimes des arbres ou les toits des maisons qui se trouvaient sur son chemin.

Arrivée à destination, elle atterrit dans le grenier

du manoir Halliwell, la grande demeure de style victorien qu'elle possédait avec ses sœurs. Elle resta là un instant, immobile, le temps de reprendre ses esprits après ce voyage si particulier. Puis elle se dirigea droit vers le lutrin de bois sculpté, où reposait le *Livre des Ombres*.

Comme elle s'en approchait, une brise se mit à souffler les pages de l'énorme volume, et Prue sourit en sachant qu'elles allaient s'ouvrir pile sur le chapitre qui l'intéressait. Ce qui lui facilitait bien les choses, car, lors de ses projections astrales, elle acquérait pour ainsi dire la substance d'un fantôme. Et, tourner les pages d'un livre dans de telles conditions – même si elle détenait le pouvoir de bouger les objets à distance – relevait de la prouesse technique.

Prue attendit. Au bout de quelques instants, la brise s'apaisa, et les feuilles du *Livre des Ombres* cessèrent de voleter. Elle se pencha sur l'œuvre et lut la formule magique qui s'offrait à son regard. Ses lèvres remuèrent doucement alors qu'elle en imprimait les termes dans sa mémoire.

— Je l'ai, murmura-t-elle.

Puis elle ferma les yeux, se concentra de nouveau et partit récupérer son corps en Angleterre.

— Bienvenue, lui dit Phoebe lorsqu'elle la vit sursauter comme si elle émergeait d'un profond sommeil.

— Ce… cela s'est bien passé ? demanda aussitôt Niall d'une voix anxieuse.

Prue avala une gorgée de cidre puis annonça :

— Oui. J'ai ce qu'il nous faut !

Elle fit signe à la serveuse de lui apporter la note et ajouta :

— On rentre à l'hôtel. Il nous faut un minimum d'intimité pour prononcer notre sortilège.

De retour dans leur suite, les trois filles eurent la surprise de trouver, trônant sur la table basse, un énorme bouquet de roses dans un vase de cristal.

— Wouah ! s'exclama Phoebe. C'est pour qui ?

Se précipitant sur la carte qui l'accompagnait, Piper laissa échapper un hoquet.

— Oh, non… murmura-t-elle.

— Quoi ? fit Prue. Ces fleurs sont de Léo ?

— Pas vraiment, avoua-t-elle. C'est, euh… une sorte de malentendu. Je vous expliquerai plus tard. Maintenant, on s'occupe du sortilège, d'accord.

Phoebe et Prue échangèrent un regard intrigué puis, voyant Piper se détourner du bouquet avec mépris, laissèrent tomber.

— Alors, qu'est-ce qu'il nous faut ? demanda Piper sur un ton qui se voulait ferme.

— Pour retrouver la formule de Merlin, il nous

faut au moins une des runes qui le composaient. Niall, votre père devait utiliser une rune particulière pour signer, non ? Histoire de prouver que le texte venait bien de lui.

— Je pense, oui.

Phoebe sortit un bloc-notes et un stylo qu'elle tendit à Niall.

— Essaie de dessiner cette rune, si tu t'en souviens. Qu'est-ce qu'il nous faut d'autre, Prue ?

— Pour localiser Mme Jeffries, il nous faudrait un objet qui lui appartienne ou qu'au moins elle aurait touché. Oh, je sais ! Est-ce qu'il reste des fraises dans le frigo ?

Piper alla voir et quand elle revint, elle tenait à la main un petit panier de bois tressé. Un seul fruit y restait, décoloré et un peu desséché.

— Je n'aurais pas cru que notre vieille habitude de ne jamais jeter les restes nous serve un jour de cette manière ! s'extasia-t-elle.

— Voici la rune de Merlin, annonça Niall en tendant le dessin à Phoebe.

La jeune femme examina le symbole qu'il venait de tracer. *Ça ressemble aux graffitis qu'on trouve un peu partout sur les murs des cités et des gares*, songea-t-elle, amusée.

Prue posa ensemble sur une table la rune de Merlin et le panier de fraises, puis elle alla chercher un verre d'eau, y plongea les doigts et traça l'ébauche d'un pentagramme autour des objets.

— Piper, dit-elle alors, éteins la lampe principale, s'il te plaît. Celle du petit bureau suffira. Voilà, parfait… Maintenant, Phoebe et Piper, prenez mes mains et répétez après moi.

Se tournant vers Niall, elle lui précisa :

— Il vaudrait mieux reculer un peu. Nous allons appeler un démon mineur, et il pourrait manifester un peu fort sa contrariété pour avoir été dérangé.

Tandis qu'elles se prenaient les mains, Phoebe sentit s'infiltrer en elle l'énergie que procuraient leurs pouvoirs mêlés. Elle ferma les yeux.

Puis, sous le regard médusé de Niall, Prue commença alors une incantation à laquelle se joignirent ses sœurs :

De la matière naît la matière,
La terre donne la poussière,
Les gemmes donnent les joyaux,
Ô grand Maklik, entends-nous,
Montre-nous ce que nous cherchons !

Phoebe ouvrit les paupières. Durant un instant, rien ne se passa, et elle se demanda si le sortilège avait marché. Mais, soudain, de la fumée s'éleva du pentagramme tracé à l'eau par les doigts de Prue, et une figure commença à prendre forme au-dessus de la table.

C'était une tête, hideuse et ridée, avec deux petites cornes saillant d'un front bombé. Le trou béant qui lui servait de bouche s'ouvrit pour laisser échapper un grognement féroce, et Phoebe recula instinctivement. Puis une voix rocailleuse articula :

— J'entends et j'obéis, sorcières !

La tête monstrueuse s'évanouit, et une autre image se manifesta : celle d'une maison, une demeure de briques, de style victorien.

— C'est l'immeuble de Diana ! s'écria Phoebe.

Puis, comme dans un film, la scène changea et conduisit les trois sœurs à travers ce qui ressemblait à un vestibule. Un escalier apparut, menant à un étage, puis à un autre. Une porte s'ouvrit ; elles pénétrèrent dans une entrée, puis dans un salon illuminé par une douzaine de bougies. Phoebe se hérissa en découvrant Diana, pelotonnée sur son divan, un téléphone sans fil collé à l'oreille.

L'œil du démon les emmena ensuite dans un corridor, au bout duquel se trouvait une échelle, qui montait vers une trappe dans le plafond. Mais, de nouveau, l'image se dissipa.

— C'est là qu'elle les cache, déclara Piper.

— Dans le grenier... murmura Niall avant de lâcher une exclamation dans un langage inconnu des trois sœurs.

— C'est donc là qu'elle détenait la formule de mon père, depuis tout ce temps ! ajouta-t-il en courant vers la porte. Je cours la récupérer !

— Attendez ! cria Prue en lâchant la main de Phoebe. Niall, vous ne pouvez pas entrer comme ça chez elle et la prendre de force ! Mme Jeffries se trouve aussi dans ce grenier, n'oubliez pas. On ne peut pas risquer de la mettre en danger !

Niall s'arrêta net.

— Oui, bien sûr, soupira-t-il. Je regrette, j'avoue avoir oublié la présence de votre amie. Alors, que proposez-vous, maintenant ?

— Prue, tu pourrais te projeter dans le grenier et voir ce qui s'y passe, suggéra Phoebe.

— Bonne idée, répliqua-t-elle avant d'aller s'asseoir sur le divan.

Là, elle ferma les paupières et se concentra. Mais Piper avait à peine eu le temps de baisser la lumière que les yeux de Prue se rouvrirent subitement.

— Qu'est-ce qui se passe ?

— Je n'en sais rien. Impossible d'entrer dans le grenier. Une force magique me retient à l'extérieur. Diana a dû en protéger l'accès par un sortilège.

— Bon, lâcha Phoebe en se frottant les mains, j'espère qu'au moins l'une d'entre nous a pensé à emporter avec elle une tenue noire. Parce qu'on va être forcées d'avoir recours à la bonne vieille méthode d'effraction.

Peu après dix heures, ce soir-là, Phoebe, Piper et Prue descendirent l'escalier de l'hôtel Trelawney.

— J'ai l'impression de porter la mention « voleur » inscrite en grosses lettres sur mon dos, se lamenta Prue qui avait passé un jean et un T-shirt noirs.

— Oh, cesse de te plaindre, lui dit Phoebe. Tu es très chic, là-dedans. On dirait Audrey Hepburn dans… ce film qu'elle a tourné en France. Oh, le titre m'échappe.

— Et tu veux en plus que je te croie, marmonna-t-elle.

Elles se dirigeaient vers l'appartement de Diana, Niall étant parti un peu avant elles afin de l'attirer dehors.

— Invente n'importe quoi pour la faire sortir, lui avait dit Phoebe. Emmène-la boire un verre, danser quelque part, n'importe quoi…

À voix basse, elle avait ajouté :

— Mais promets-moi de ne pas lui proposer une balade romantique au bord de l'eau.

En réponse, Niall l'avait prise dans ses bras pour l'embrasser avant de lui dire :

— De ton côté, promets-moi de te montrer prudente.

— Piper ! résonna soudain une voix masculine. Où étiez-vous passée ?

Elle se retourna, observa la rue qui commençait à s'obscurcir, et aperçut un homme au crâne chauve et à la moustache foisonnante, qui courait vers elle.

— Oh, non… gémit-elle. C'est Sir Andrew. Cachez-moi.

— Pourquoi ? demanda Phoebe. De toute façon, on dirait que c'est trop tard.

— Avez-vous reçu mes fleurs et le petit mot que je vous ai écrit ? interrogea-t-il d'une voix plaintive. Pourquoi n'êtes-vous pas venue à notre rendez-vous ? J'ai attendu des heures dans ce restaurant !

— Sir Andrew, s'empressa-t-elle de répondre, il s'agit d'un grave malentendu. Vous n'êtes pas amoureux de moi…

— Comment pouvez-vous dire cela ? Ma chérie, vous êtes tout pour moi ! Épousez-moi, Piper, je vous en supplie !

— Qu'est-ce qu'il a dit ? s'étrangla Phoebe.

— Je regrette, soupira Piper, mais je n'ai absolument pas le temps, pour le moment.

Levant la main, elle le pétrifia sous le clair de lune. Avec sa moustache tombante, il ressemblait trop à un vieux morse.

— Allez, on y va, les filles, lança-t-elle alors à ses sœurs. On a du boulot.

— Excuse-moi, lui dit Prue, mais tu pourrais peut-être nous dire ce qui se passe. Phoebe et moi, on n'a pas suivi le déroulement du psychodrame.

— J'aurais cru qu'avec le temps il se serait lassé, se lamenta Piper. Tu vois, dans mon livre sur les fleurs sauvages, il y avait un chapitre consacré aux charmes d'amour…

— Arrête, j'ai compris, coupa Phoebe. Tu as

envoûté ce pauvre homme ? Piper, comment as-tu pu ?

— Mais ce n'est pas ce que je voulais faire ! Je ne pensais pas que ça allait marcher. J'essayais, c'est tout. Et il se trouve que Sir Andrew est arrivé pile à ce moment-là. Je n'y peux rien.

— Ça ne fait qu'un problème de plus à régler avant notre départ, commenta Prue. Mais ça attendra qu'on en ait fini avec les druides.

Elles arrivaient précisément devant l'immeuble de Diana. En montant les marches du porche, Phoebe déclara d'une voix nerveuse :

— J'espère que Niall n'a pas eu trop de difficultés pour la faire sortir de chez elle.

— Tout est éteint, dit Piper en levant les yeux vers le second étage. Ils sont partis.

Cachée par ses sœurs, Prue concentra son énergie sur la serrure de la porte d'entrée, et, bientôt, le loquet se déverrouilla de lui-même. Elle actionna la poignée et le battant s'ouvrit devant elle. La voie était libre, pour l'instant.

Elles grimpèrent en silence l'escalier menant à l'appartement de Diana.

— Niall a bien travaillé, dit Phoebe en poussant la porte. Ce n'est pas fermé.

Elle entra prudemment dans le salon obscur, et entendit un clac lorsque Piper referma derrière elle. C'est alors qu'elle sentit des mains l'agripper.

— Hé, arrêtez vos blagues ! lança-t-elle. Ce n'est pas le moment de…

La lumière s'alluma soudain et Phoebe se figea, horrifiée.

Diana se tenait en face d'elle, les bras croisés, un sourire méprisant sur les lèvres. Derrière elle, une rangée d'hommes et de femmes surveillaient la nouvelle venue. Les druides, certainement, songea Phoebe, même s'ils ne portaient pas leur robe de cérémonie.

Mais ce qui la tétanisa d'horreur, ce fut de voir Niall, couché aux pieds de Diana, pieds et poings liés, et bâillonné avec une écharpe de soie mauve. Il portait une ecchymose à la tempe droite, et son visage était blême.

Phoebe risqua un regard derrière elle. Les mains qui lui encerclaient les poignets appartenaient à un homme très grand et de forte carrure. Il la tenait sans lui faire de mal, mais elle savait que, si elle tentait quoi que ce soit, l'étau se resserrerait. Prue et Piper, quant à elles, étaient maintenues par deux autres gaillards à l'aspect tout aussi impressionnant.

— Alors, lança Diana, on s'amuse à flirter avec les sortilèges ? Ou est-ce une de tes amies qui aurait déclenché mon alarme magique ? Allons, je sais que l'une d'entre vous est venue il n'y a pas si longtemps fouiner chez moi. C'est cela qu'elle cherchait, je me trompe ?

Elle leur brandit sous le nez un morceau de parchemin noirci par le temps. Phoebe étouffa un cri. La formule de Merlin ! Si près, qu'elle pouvait presque la toucher.

— Non, ce n'est pas une hallucination, ma belle, reprit Diana avec sarcasme. Je l'ai avec moi depuis des siècles, et j'avais l'intention de la donner à Niall, demain, après la cérémonie. Mais, j'ai changé d'avis ! Je crois que lui, comme vous trois avez besoin d'une bonne leçon.

Elle alluma alors un briquet, et Phoebe crut défaillir à l'idée de ce qu'elle s'apprêtait à faire.

— Non ! hurla-t-elle en plongeant en avant.

Les mains qui lui enserraient les poignets la tirèrent violemment en arrière.

— Diana, ne faites pas ça !

Trop tard. Déjà, la jeune femme approchait le briquet du parchemin… qui s'enflamma avant de disparaître en fumée.

— Les anciens écrits se consument très vite, observa Diana en soufflant les cendres autour d'elle.

Puis elle se pencha et s'adressa à Niall d'une voix glacée.

— J'ai la formule magique en mémoire. C'est le seul endroit où elle se trouve, à présent. Tu me comprends ?

Anéanti, Niall répondit par un faible signe de la

tête. Diana fixa alors son regard dur sur les *Charmed.*

— Le seul moyen de le sauver, maintenant, c'est de vous tenir hors de mon chemin, annonça-t-elle. Il fait ce que je lui ordonne de faire. S'il me désobéit, demain, aux douze coups de minuit, il est mort.

8

Phoebe ne prit pas le temps de réfléchir, tant elle était à la fois horrifiée et hors d'elle. Elle écrasa simplement son pied sur celui de l'homme qui la tenait prisonnière.

Poussant un cri de douleur, il lui lâcha les bras. Phoebe fit volte-face et lui planta le poing au beau milieu du plexus, un geste qu'elle avait appris durant ses cours d'autodéfense, à San Francisco.

Tandis qu'il se pliait en deux, elle fondait déjà sur l'homme qui maintenait Prue. Décontenancé, celui-ci leva un bras pour se protéger, au moment où Piper, profitant de l'effet de surprise générale, tentait par tous les moyens de se libérer elle aussi de son gardien.

Au milieu de la tempête qui régnait à présent dans la pièce, Diana glapit :

— Maîtrisez-les, bande d'idiots, ce ne sont que des filles !

Du coin de l'œil, Phoebe vit Prue lever les mains. *Elle va tous les zapper !* se dit-elle, surexcitée. Mais, soudain, à sa grande déception, elle la vit s'effondrer, heurter le sol avec violence, et y demeurer inerte.

— Prue ! hurla-t-elle.

C'est alors que tout s'éteignit, plongeant le salon de Diana dans l'obscurité la plus totale. Sans savoir ce qui leur arrivait, tous se virent gelés sur place.

Piper ! songea Phoebe avant de se retourner lentement vers sa sœur. Qui, déjà, rejoignait Prue, toujours inanimée. S'agenouillant à ses côtés, elle lui prit le pouls.

— Elle est dans les vapes mais ça ira, annonça-t-elle à Phoebe. Désolée, j'aurais dû les figer plus tôt, mais ce gros nigaud ne voulait pas me lâcher.

— Mieux vaut tard que jamais, commenta Phoebe avec un rire tremblant. Viens, on récupère Niall et Mme Jeffries, et on file d'ici avant qu'ils ne reprennent vie.

— Ne te fais pas de souci, lui dit Piper, je me charge de les tenir en respect.

Passant à côté d'une Diana littéralement pétrifiée, Piper s'empressa de réanimer Niall, tandis que Phoebe lui coupait ses liens à l'aide d'un couteau de cuisine. Pendant ce temps, Prue avait repris ses sens. Elle gémit en portant la main à sa tête.

— Rappelez-moi, la prochaine fois, de ne laisser personne me refaire une chose pareille, maugréa-t-elle. Oooh, mon pauvre crâne…

— On t'emmène à l'hôpital, déclara Piper. Tu as peut-être une commotion cérébrale.

— Mais non, je n'ai rien !

— C'est le docteur qui en décidera, ma petite.

— Il faudrait y emmener Niall aussi, remarqua Phoebe en examinant la blessure de sa tempe. Ce n'est pas très beau à voir.

— Je vais chercher Mme Jeffries, annonça Prue en se relevant avec peine.

Elle traversa le couloir, grimpa à la petite échelle qui menait au grenier, souleva la trappe et jeta un regard alentour. Personne.

— Elle n'est pas là, déclara-t-elle après avoir rejoint ses sœurs au salon.

— Elle n'est pas là !? répéta Phoebe, consternée.

— Le grenier est vide. Diana a dû la déplacer quand j'ai déclenché son alarme magique.

— Eh bien, les filles, pour une mission de sauvetage, c'est plutôt raté, commenta amèrement Piper. On n'a ni notre formule, ni notre vieille dame !

— De toute façon, reprit Phoebe, où que puisse être Mme Jeffries, elle est certainement gardée par un charme puissant. Il faut réfléchir à la meilleure façon d'agir, maintenant.

— Moi, dit Prue, j'ai une telle migraine que je suis incapable de penser à quoi que ce soit.

— On va à l'hôpital, lança Piper sur un ton ferme. On a encore jusqu'à demain pour régler notre affaire.

Dans le taxi qui les conduisait vers les urgences les plus proches, Phoebe ne pouvait s'empêcher d'imaginer la suite des événements. Que Niall ait coopéré ou non avec Diana, celle-ci l'aurait de toute façon éliminé. Que faire pour l'aider, maintenant ? S'assurer que la cérémonie du lendemain n'ait pas lieu… afin que Niall puisse retourner vivre dans son passé !

Auquel cas, elle le perdrait pour toujours. La vie n'était vraiment pas juste !

À l'hôpital, alors que le petit groupe se dirigeait vers les admissions, Niall prit Phoebe par le bras et l'entraîna à l'écart.

— Il faut que je te parle, lui dit-il en lui passant une main dans les cheveux. Je sais que je n'aurais jamais dû t'entraîner dans cette terrible aventure. Quand je vois ce qui est déjà arrivé à tes sœurs, à cause de moi… Tu dois m'oublier, Phoebe, et consacrer tes efforts à tenter de sauver Mme Jeffries.

— T'oublier ? Tu plaisantes, Niall ! Tu crois

peut-être que je vais laisser Diana faire de toi son pantin ? Jamais !

— Elle n'y parviendra pas, je ne me laisserai pas faire. Mais, quoi qu'il arrive, je suis perdu. Que j'obéisse ou non à Diana, elle ne me renverra pas là d'où je viens. Je la connais assez pour en être certain. Elle a gagné, Phoebe, et je refuse de vous mettre, toi et tes sœurs, en danger. Je t'aime trop pour cela.

— Tu ne m'empêcheras pas d'essayer, Niall, articula-t-elle d'une voix brisée. Je ne te laisserai pas partir comme ça. Parce que… parce que je crois que je suis amoureuse de toi.

Niall posa sur elle un regard infiniment tendre. Puis, l'attirant contre lui, il murmura :

— Alors, avec moi, cela fait deux personnes amoureuses…

— Excusez-moi, demanda le serveur en s'approchant de la table de petit déjeuner. Y a-t-il un M. Oldman, ici ?

Les trois sœurs se regardèrent, mais Niall ne réagit pas. Phoebe le poussa discrètement du genou.

— Il est là, affirma-t-elle avec un grand sourire.

— On a laissé à la réception ce message pour vous, monsieur, dit-il en lui remettant une enveloppe de couleur crème.

Intrigué, Niall l'ouvrit et lut rapidement le papier qui s'y trouvait. Puis il le tendit à Phoebe.

— Rendez-vous à dix heures, ce soir, lut-elle à haute voix. Je vous attendrai.

Le message n'était pas signé, mais un monogramme, en haut de la feuille, mentionnait DSJ. Diana S. Jones.

— Elle me paraît bien sûre d'elle ! commenta Piper.

Et pourquoi ne le serait-elle pas ? songea Phoebe. *Elle a toutes les cartes en main. Niall, lui, n'a pas le choix. À moins de découvrir à temps le moyen de le renvoyer dans le passé…*

Phoebe considéra un instant ses sœurs. Piper avait l'air à peu près bien, malgré sa grande nervosité. Mais Prue était pâle, et semblait épuisée. Quant à Niall, son hématome à la tempe avait noirci, ce qui lui donnait encore plus mauvaise mine que la veille. Il avait passé la nuit enroulé dans une couverture, sur la moquette du salon. Phoebe avait bien essayé de lui offrir le canapé-lit, mais il avait refusé catégoriquement.

— Même vos sols sont plus confortables que les lits de mon époque, avait-il prétexté. Il n'y a pas de puces…

Elle avala une gorgée de café brûlant puis déclara :

— Je vais retourner à Caer Wydyr et dévorer

tous les bouquins que je trouverai sur les sortilèges.

— Bonne idée, lui dit Piper. Il doit y avoir quelque chose qui nous a échappé.

— Certainement.

Cependant, elle savait que quelques heures ne suffiraient pas à trouver ce qu'il leur fallait. C'était sans espoir !

— J'ai une idée, lâcha soudain Prue qui n'avait pratiquement rien dit de tout le repas.

— Quoi ? demanda Phoebe. À quoi tu penses ?

Prue se pencha en avant et murmura :

— On ne sait pas comment renvoyer Niall chez lui. Mais on sait comment y aller *nous-mêmes*. Je crois me souvenir de la formule. Alors, si l'une d'entre nous se rendait là-bas et demandait directement à Merlin de lui révéler son sortilège, qu'est-ce que vous en pensez ?

— Génial, Prue ! s'écria Phoebe. C'est une idée d'enfer !

— Et super-risquée, enchaîna Piper. À la moindre erreur, zap ! On peut disparaître comme ça, sans laisser de trace.

— Je connais les dangers d'un voyage dans le temps, répliqua Prue. Mais on n'a pas d'autre choix, tu es d'accord. Et puis, quels sont les risques, comparés à la certitude que Niall et Mme Jeffries mourront si on n'agit pas ?

— Tu as raison, admit Piper. Je voulais juste m'assurer que, toutes, on comprenait l'enjeu de cette décision.

— Je n'aime pas cela, intervint Niall. Il n'y a aucune raison que vous vous mettiez toutes les trois en danger à cause de moi.

— Oh, tais-toi, rétorqua Phoebe en lui plaquant une main sur la bouche. Tu n'as pas droit au vote. Quant à toi, Prue, tu ne peux pas y aller toute seule. S'il t'arrive quelque chose, tu risques de te retrouver coincée à vie là-bas. Il faut que quelqu'un parte avec toi pour surveiller tes arrières.

— Hum… articula Piper en levant la main. Je crois que je ferai l'affaire, si tu n'y vois pas d'inconvénient, Phoebe. Tu es la seule à ne pas détenir de pouvoir actif : si on se retrouve coincées au sixième siècle, ce ne sont pas tes visions qui nous en sortiront.

— C'est vrai, admit-elle à contrecœur. Un jour, il faudra que je me dégote un pouvoir actif, moi aussi. Ce n'est pas juste…

— Bon, lâcha Prue en se levant, on a assez perdu de temps comme ça. En route, il faut aller se préparer.

De retour dans leur suite, elle ouvrit tout grand le placard.

— Regardez, dit-elle à Niall, entre Piper, Phoebe et moi, il faut que vous nous trouviez une tenue qui passera inaperçue dans votre sixième siècle.

Niall resta pensif devant les vêtements des trois sœurs. Les considérant les uns après les autres, il finit par sélectionner une longue robe de lin beige, qu'il tendit à Piper.

— Essayez cela, lui dit-il. C'est un peu fantaisie, mais je pense que cela ira.

Pour Prue, il choisit un sarrau brun qui lui tombait à mi-mollet.

— Porté sur ce caleçon gris, il passera fort bien. À condition de le déchirer un peu dans le bas. Quant aux chaussures, je n'en vois pas une seule qui fasse l'affaire. Il vous faudra aller pieds nus.

— Super… maugréa Prue. J'espère qu'on tombera là-bas en plein été.

— Oui, justement, s'enquit Piper, quand est-on censées débarquer dans… cet endroit ? Ça doit être aussi près que possible de la disparition de Merlin. Qu'il ait au moins eu le temps d'écrire sa formule magique…

— Il est entré en prison pendant les moissons, un an avant ma naissance, précisa Niall. Juste après l'équinoxe. Et j'ai vingt-quatre ans.

— Ce qui donne… fin septembre, de l'année 559, observa Prue.

Phoebe et Niall attendirent dans le salon pendant que Piper et Prue se changeaient.

— J'aimerais bien partir avec elles, avoua Phoebe. Je me sens tellement inutile à attendre leur retour ici. Et puis, elles vont voir Camelot. Camelot, tu te rends compte !

— Crois-moi, lui répondit Niall en souriant, il vaut mieux que tu ne voies pas ce château comme il était à mon époque. Tu serais déçue.

» Et puis, ajouta-t-il en l'embrassant dans le cou, si c'est mon dernier jour sur terre, je voudrais en passer chaque seconde près de toi.

— Ne dis pas ça ! s'exclama-t-elle avant de le serrer dans ses bras. Je ne veux pas t'entendre parler comme ça…

Ils s'embrassèrent passionnément, et seul le bruit de la porte qui s'ouvrait les obligea à se détacher l'un de l'autre.

— Oh, vous êtes trop mignonnes ! articula Phoebe, les lèvres encore enflammées par le baiser de Niall.

Ses deux sœurs se tenaient devant elle, un peu gauches dans leur tenue médiévale.

— Ce n'est pas encore parfait, mais on va s'en contenter.

— Pardon de vous avoir interrompus, s'excusa Piper, mais il faut vraiment qu'on y aille.

— Phoebe, lui dit Prue, en attendant, épluche bien tous les livres que tu pourras. Parce qu'il faudra bien passer au plan B, si celui-ci ne marche pas.

— Bien sûr. Compte sur moi.

— On sera de retour en moins de temps qu'il

n'en faut pour le dire, lança Prue en prenant la main de Piper. Prépare-toi, Camelot, nous voilà !

Ensemble, elles récitèrent le sortilège qui devait les transporter dans le passé, tandis que Phoebe les observait, le cœur lourd.

Une seconde plus tard, elles avaient disparu.

9

Ce fut l'odeur qui frappa tout d'abord Piper. Une odeur humide, de boue et de transpiration, et d'autres choses encore qu'elle ne parvenait pas à identifier.

Le chaos qui régnait autour d'elle – où se mêlaient cris, claquements métalliques ou craquements de toutes sortes – s'apaisa peu à peu. Que se passait-il ?

Puis, lentement, la vue lui revint, et elle se retrouva bientôt sous la pluie, entourée de corps qui luttaient ou s'effondraient à terre, couverts de sang. Une fumée âcre flottait au-dessus du sol trempé, à travers laquelle Piper aperçut soudain un homme au visage rougi et maculé de noir. Il lui cria quelque chose qu'elle ne comprit pas, puis disparut.

C'est ça, Camelot ? se demanda-t-elle, paniquée. *Ou alors… on s'est trompées de destination !*

— Ce n'est pas possible, je dois rêver ! lâcha

soudain Prue, derrière elle. On est tombées au beau milieu d'une bataille !

— On dirait, oui. C'est l'enfer !

Hébétée, Piper fit quelques pas puis s'arrêta net en voyant un objet lui passer au ras du nez. Elle se retourna et vit une hache... qui venait de se planter dans l'arbre contre lequel elle était appuyée un instant plus tôt ! Son manche vibrait encore.

— Euh... Prue ? articula-t-elle.

— Quoi... ? gémit sa sœur en jetant autour d'elle un regard perdu.

— On fiche le camp d'ici !

— Ça, c'est une idée. Il y a un bosquet, là-bas, on y va ?

Baissant la tête pour éviter les projectiles qui tournoyaient autour d'elles, les deux filles se mirent à courir à travers champs. Leurs pieds nus qui s'enfonçaient dans la boue collante ne facilitaient pas leur progression, mais elles atteignirent le petit bois, saines et sauves – non sans avoir figé au passage une autre hache qui se dirigeait droit sur le front de Prue.

À l'abri sous les arbres, elles s'arrêtèrent pour reprendre leur souffle. Prue en profita pour inspecter une coupure qu'elle venait de se faire sous le pied.

— Je vais attraper le tétanos, avec ça, c'est sûr, se lamenta-t-elle. Et, en plus, je suis en retard pour mon rappel de vaccin...

— Je ne savais pas que le roi Arthur était en guerre, s'étonna Piper sans prêter attention aux jérémiades de sa sœur. Niall aurait pu nous prévenir.

— Il y a peut-être encore beaucoup de choses qu'il ne nous a pas dites, tu sais.

— De toute façon, ça ne doit pas être pire que cette bataille. C'est l'horreur !

— Dis donc, fit alors Prue, tu as remarqué qu'aucun de ces soldats ne portait d'armure ? Et qu'aucun d'eux n'avait de cheval ?

— Et je n'ai pas vu d'épée, non plus, ajouta Piper. On dirait qu'ils n'utilisent que ces horribles haches, quelques couteaux et des bâtons. Ça m'a l'air bien primitif, tout ça. Et plutôt dégoûtant.

— Oui, c'est loin de ressembler aux jolies histoires de Phoebe. Enfin, l'important, maintenant, c'est d'essayer de savoir où on se trouve.

Prue tenta de marcher avec son pied blessé mais grimaça de douleur dès le premier pas. Elles parvinrent malgré tout à sortir du bosquet pour déboucher sur un monticule rocheux. Une main sur les yeux pour se protéger de la pluie, Piper lança :

— Tu vois ce que je vois, là-bas !

Elle lui indiquait un château fort, perché au sommet d'une colline, entouré de quelques huttes de terre.

— Tu crois que c'est Camelot ? demanda Prue sur un ton sceptique. Ça fait tellement… sauvage.

— Je ne vois rien d'autre qui ressemblerait plus à ce qu'on cherche.

Une rivière coulait entre elles et la forteresse, mais qui semblait assez peu profonde et jonchée de grosses pierres. Piper était certaine de pouvoir la traverser sans encombre. De toute façon, trempées comme elles étaient, elles ne risquaient plus grand-chose.

Comme l'espérait Piper, elles purent atteindre la rive opposée sans difficulté… même si Prue, après avoir glissé sur une roche mouillée, avait méchamment chuté sur les fesses. Ce qui lui donnait, d'ailleurs, l'air plus authentique encore.

Avec prudence, elles attaquèrent la montée de la colline boisée, en direction du château. Une fois en haut, Piper fut déçue de trouver clos le gros portail de bois qui fermait l'enceinte. Quatre soldats bien charpentés en gardaient l'entrée, tandis qu'une sentinelle faisait les cent pas sur le chemin de ronde, au-dessus d'elles.

— Je pourrais tous les figer, murmura-t-elle, mais je doute qu'on puisse à nous seules ouvrir ces portes. Elles paraissent super-lourdes.

— Et moi, je pourrais utiliser mon pouvoir pour les bouger, mais je ne crois pas qu'il faille user de notre magie, à moins d'y être obligées. Autant ne pas attirer l'attention sur nous.

Entraînant sa sœur derrière un arbre, Prue ajouta :

— Tôt ou tard, ils finiront par les ouvrir. Il y

aura bien un charretier qui demandera à entrer, par exemple. On se glissera alors derrière lui sans être vues. Qu'est-ce que tu en penses ?

— Que tu as raison, répondit Piper. Allez, on prend notre mal en patience.

Elles n'eurent pas à attendre très longtemps car, quelques instants plus tard, un étrange grincement se fit entendre en haut du chemin. Un lourd chariot, muni d'épaisses roues de bois, apparut bientôt, tiré par deux énormes bœufs. De l'intérieur, résonnaient des geignements étouffés.

La pluie avait cessé, mais c'était le brouillard qui s'installait, à présent.

— Ce doivent être les blessés qu'ils ramènent du champ de bataille, souffla Piper. On va certainement ouvrir les portes pour eux. Viens, c'est l'occasion !

Les deux sœurs rejoignirent en silence le groupe de gens qui commençait à s'agglutiner devant les portes.

— Baisse la tête, murmura Prue à sa sœur qui ne pouvait s'empêcher de regarder autour d'elle.

Le lourd portail s'ouvrit enfin, et, mêlées à la foule, elles purent passer sans se faire remarquer. À l'intérieur de l'enceinte, femmes et enfants se ruèrent sur le chariot pour y retrouver, qui un mari, qui un père ou un fils. Au milieu de la confusion générale, Prue et Piper n'eurent aucun mal à tromper la vigilance des soldats de garde.

À l'abri sous un toit de chaume, elles observèrent un instant ce qui se passait. Sans leur prêter la moindre attention, des hommes et des femmes allaient et venaient autour d'elles, tandis que poulets et autres porcelets se baladaient librement entre leurs pieds, en grattant la boue à la recherche de quelque nourriture.

— Ouf, on y est ! souffla Piper. Qu'est-ce qu'on fait, maintenant ?

— On part à la recherche de Merlin, bien sûr. Mais je sens que ça va être la galère ; cet endroit est bien plus vaste qu'il n'y paraissait de dehors.

Piper constata en effet que, intra-muros, la forteresse était composée de plusieurs bâtiments, reliés les uns aux autres par une galerie couverte qui courait le long des murs crénelés.

Devant elles, deux petits garçons jouaient avec un chien, qu'ils essayaient en vain d'attacher à la roue du chariot. Vêtus de hardes, ils paraissaient plutôt maigres, et étaient loin d'avoir une mine resplendissante.

— Oui, eh bien, ce n'est pas exactement un château de conte de fées, commenta Piper sur un ton acide. On va quand même tenter de pénétrer dans cette tour carrée, tu ne crois pas ? Elle a l'air de former le bâtiment principal. Et puis, la tradition veut que les sorcières et les magiciens vivent toujours dans des tours de ce genre.

— Ça vaut le coup d'essayer, en tout cas, répondit Prue en grimaçant à cause de son pied douloureux. Allez, on y va. Le plus vite sera le mieux. Je meurs d'envie de rentrer chez nous et de prendre un bon bain chaud arrosé d'un cappuccino.

— Tu as raison. Ce genre d'aventures, je préfère les regarder à la télé ou au cinéma, plutôt que de les vivre moi-même ! Niall ne nous avait pas dit ça, non pl…

Piper s'arrêta net. Une lourde main venait de s'abattre sur son épaule. Elle se retourna pour se retrouver face à une femme d'une quarantaine d'années, à la carrure imposante, et dont le visage lui rappelait furieusement une pomme de terre défoncée.

Lorsqu'elle ouvrit la bouche, Piper remarqua qu'il ne lui restait pas plus de quatre ou cinq dents. Le cri sauvage qui sortit alors de sa gorge les pétrifia toutes les deux. Impossible de comprendre ce qu'elle leur hurlait, mais cela résonna ainsi à leurs pauvres oreilles :

— Hwlch y dolch greidawr mulgwyn !

Ça, ce n'est pas de l'anglais, songea-t-elle.

— Désolée, mais je ne saisis pas bien… hasarda Prue sur un ton poli.

— Hwlch y dolch greidawr mulgwyn ! répéta la femme en haussant le ton.

Puis, agitant un index furieux sous le nez de Piper, elle continua :

— Dovey diol gwr ffachynleth ?

La jeune sorcière la considéra d'un air stupide. Ce n'était définitivement pas de l'anglais ! Cette femme devait être étrangère. Mais pourquoi lui hurlait-elle après ?

Deux soldats qui passaient s'arrêtèrent pour écouter, puis l'un d'eux se mit à crier :

— Wyrdryn llangellen a pwyl y fawls !

Après quoi, ils éclatèrent d'un rire gras.

Oh, non... pensa Piper. *Ils parlent tous ce langage bizarre. Personne ne connaît l'anglais, ici !*

Se tournant vers Prue, elle vit se refléter sur son visage la panique qui l'envahissait elle-même. Jamais il ne leur était venu à l'idée qu'elles aient à affronter une langue différente de la leur. Après tout, elles se trouvaient toujours en Angleterre.

Mais, de toute évidence, en 559, on ne parlait pas l'anglais du XXIe siècle. Un autre détail que Niall avait négligé de leur préciser... Une chose était sûre, quand elles reviendraient dans leur monde, elles l'étriperaient !

Une foule assez dense s'agglutinait maintenant autour des deux filles, qui les interpellait et les montrait du doigt. C'est alors que Piper se rendit compte de la galère qui les attendait : comment allaient-elles persuader Merlin de leur dévoiler son sortilège si elles étaient incapables de se faire comprendre de lui ?

Phoebe ne parvenait pas à détacher son regard de l'endroit où se tenaient ses sœurs, quelques minutes plus tôt. Mais elles avaient disparu, à présent, et elle ne pouvait rien faire pour leur venir en aide. Il ne lui restait qu'à espérer le meilleur pour elles, et à trouver une solution pour résoudre leur problème. Prenant la main de Niall, elle lui dit :

— Allez, on court à la librairie, maintenant. On a une masse de lecture qui nous attend.

Alors qu'ils se dirigeaient vers Caer Wydyr, elle observa :

— Je me demande si on ne devrait pas se méfier de Diana. Elle pourrait essayer de te capturer. Ce n'est peut-être pas très sûr de te balader comme ça, en pleine rue.

— Je ne crois pas qu'elle tentera quoi que ce soit, répondit Niall. D'abord, on est en plein jour et en public. Et puis, tu as lu son message : elle pense que je n'ai pas le choix. Il ne lui viendra pas à l'idée que je puisse tout simplement choisir de ne pas venir à son rendez-vous.

— De toute façon, on n'en arrivera pas là, répliqua Phoebe en lui prenant la main. Tu n'iras pas à son rendez-vous parce que tu n'auras pas à y venir, point. D'ici là, on aura trouvé le moyen de te renvoyer dans ton passé.

— J'aimerais… soupira-t-il avant de s'interrompre de lui-même.

— Tu aimerais… ?

Niall hésita puis laissa tomber :

— J'aimerais trouver le moyen de… modifier le sort qui m'attend. Trouver le moyen de rester ici, et de continuer à vivre dans cette époque.

— Tu veux dire que tu préfères notre époque à la tienne ? C'est ça ?

Il baissa les yeux sur elle, et Phoebe se sentit frissonner de toutes parts. *Incroyable*, songea-t-elle, *je n'attends qu'une chose, c'est qu'il me fasse une déclaration !*

— Non, ce n'est pas cela, répondit-il d'une voix douce. Tu sais très bien ce que je veux dire, Phoebe. Dois-je le crier tout fort ? J'aimerais rester ici… avec toi ! Voilà, c'est aussi simple que cela.

Aussitôt, les yeux de Phoebe s'emplirent de larmes.

— J'aimerais tant, moi aussi, que tu le puisses. Oh, oui, j'adorerais !

Alors qu'ils atteignaient la librairie, elle essuya rapidement ses joues humides. Puis, poussant un profond soupir, elle pénétra dans le magasin. Il était onze heures du matin. Plus que treize heures avant le minuit fatidique de la Saint-Jean !

À mesure qu'elle progressait entre les rangées d'étagères, Phoebe empilait les bouquins dans ses bras et ceux de Niall, non sans s'assurer auparavant qu'ils étaient bien écrits en anglais.

Lorsqu'ils furent incapables d'en rajouter un seul, ils s'assirent par terre dans un coin et se mirent à feuilleter les œuvres les unes après les autres. Heureusement, le magasin était tranquille, et peu de clients s'y promenaient. Ainsi, personne ne leur demanderait de dégager le passage.

L'horloge se mit soudain à sonner la demi-heure, et elle sursauta. *Déjà ! Incroyable ce que le temps passe vite quand on se plonge dans des recherches interminables…*

Tic, tac, tic, tac. Phoebe tournait des pages et des pages. Il y avait toutes sortes de charmes : contre les poils indésirables, contre les rides, contre les jérémiades de son voisin, destinés à rajeunir ou à faire fortune, mais nullement à renvoyer dans le passé. C'était à désespérer !

Reposant le livre qu'elle feuilletait, la jeune femme en choisit un autre qui titrait : *Enchantements pour toutes les saisons*.

— C'est tellement débile, se lamenta-t-elle en lisant les têtes de chapitre.

Chasser le mauvais œil… Faire appel aux fées… Faire naître une tempête… Annuler des sorts… Faire pousser des verrues sur le corps de votre ennemi… *Complètement nul !* se dit-elle, écœurée, avant de refermer le livre.

Levant les yeux vers l'horloge, Phoebe fut sidérée de constater qu'une autre demi-heure venait de s'écouler.

Non ! Le temps passait décidément trop vite !

Niall avait dû le sentir aussi, car il lui fit cette réflexion :

— Je ne comprends pas, on est là depuis si longtemps et on ne trouve rien. C'est étrange, tout de même.

L'horloge se mit à sonner. Midi. Il ne leur restait que douze heures.

Soudain, une idée traversa l'esprit de Phoebe.

— Arrête-la, lança-t-elle en se levant. Reviens en arrière.

Non, c'était trop simple ! Ça ne pouvait pas marcher aussi bien que ça ! Et pourtant…

Et pourtant !

Elle se rassit auprès d'un Niall interloqué, considérant d'un air parfaitement absent les étagères en face d'elle. Le sang commençait à lui marteler les tempes.

Était-il possible que la réponse à tous leurs problèmes se trouve là, sous leur nez, depuis si longtemps ?

10

Prue jeta à sa sœur un regard impuissant. Que leur voulait cette espèce de harpie ? Comment allaient-elles se sortir de cette situation stupide ?

Soudain, la grosse femme les saisit chacune par un bras et les entraîna de force vers un porche surmonté d'une arche, qui ouvrait sur une grande cour boueuse. Agressée par l'odeur nauséabonde du ruisseau noirâtre qui y coulait, Prue se plaqua une main sur le nez pour éviter l'asphyxie.

Après avoir traversé cet endroit digne d'une porcherie, elles débouchèrent dans ce qui ressemblait à une vaste cuisine. De chaque côté, deux hautes cheminées dispensaient une chaleur d'enfer. Un cochon embroché, qu'une gamine maigrichonne faisait tourner au-dessus des braises, tandis qu'un chaudron bouillonnait au-dessus de l'autre foyer.

Sans ménagement, la mégère poussa Piper et Prue devant une longue table de bois, devant laquelle une autre fille s'activait à découper des légumes. Leur indiquant un énorme plat rond, à l'autre bout, la femme cria une fois de plus aux deux sœurs quelque chose de parfaitement incompréhensible.

Piper jeta un coup d'œil dans le plat et articula :

— C'est de la pâte à pain… On dirait qu'elle nous ordonne de la pétrir. Elle nous prend pour des cuisinières, ou quoi ?

— Autant jouer le jeu, pour le moment, lui souffla Prue. Ça nous donnera le temps de réfléchir au meilleur moyen de nous échapper. C'est toi qui es douée en cuisine ; tu me montres ce qu'il faut faire, et je t'imite.

Prue regarda donc Piper prendre un morceau de pâte dans le gros bol de terre, et chercha à faire de même. Mais, voyant cela, la femme l'arracha à ce qu'elle faisait et la poussa vers le milieu de la table. Puis, décrochant un sac de toile pendu au plafond, elle le jeta devant Prue et le vida de son contenu : une demi-douzaine d'oiseaux morts. D'une voix sèche, elle lui glapit un ordre auquel, bien sûr, elle ne comprit rien.

— Beurk… ! gémit-elle en se tournant vers Piper. Qu'est-ce qu'elle veut que je fasse avec ça ? Ne me dis pas que je dois toucher à ces choses…

— Si, elle veut que tu les plumes. Désolée.

Prue considéra les pauvres bêtes d'un air dégoûté. Avec ce plumage coloré sur le col, elle estima que c'étaient des faisans. Mais, les seuls qu'elle avait pu voir dans sa vie étaient déjà cuits et reposaient dans son assiette, nappés d'une sauce aux airelles !

Eh bien, on apprend à tout âge, songea-t-elle avant d'attraper un oiseau du bout des doigts et de tirer sans enthousiasme sur ses plumes. Mais, avec un grognement d'impatience, la mégère lui repoussa la main, saisit le faisan par le cou et alla le plonger tel quel dans le chaudron.

— L'eau bouillante va aider à lui décoller les plumes, expliqua Piper à sa sœur, déconcertée. Maintenant, elles partiront plus vite, quand tu tireras dessus.

Lorsque l'oiseau se retrouva sur la table devant Prue, la femme lui jeta un regard sévère puis, rejoignant l'âtre où se tenait la gamine, lui hurla un ordre, s'essuya les mains sur un tablier crasseux et… se dirigea vers la porte.

Elle s'en va ? se demanda Prue, qui l'observait du coin de l'œil. Non, pas de chance. La matrone s'assit lourdement sur un tabouret de bois, près de l'entrée, et se mit à surveiller son équipe de « cuisinières ».

— Je peux te dire qu'on n'est pas sorties de l'auberge, marmonna Piper.

Sous le regard médusé de Prue, elle enfonça son poing dans le morceau de pâte, l'étala, le fit tournoyer autour de ses doigts, puis recommença la manipulation.

— Enfin… continua-t-elle sur un ton désabusé, elle ne nous prend pas pour des espionnes, c'est déjà ça.

— Elle doit penser qu'on est des esclaves issues d'une autre tribu, lui expliqua Prue. Tu sais, au sixième siècle, les Anglais étaient divisés en tout un tas de tribus qui ne parlaient pas le même langage. Et qui n'hésitaient pas à transformer en esclaves leurs prisonniers de guerre.

— Le roi Arthur aurait donc eu des esclaves ? Là, on tient un scoop ! Ce n'est pas tout à fait ce qu'on nous racontait à l'école.

Reprenant un ton plus grave, Piper ajouta :

— Ça ne nous dit pas ce qu'on fait, maintenant. Tu as une idée ?

— Avant tout, il faut essayer de sauter sur la première occasion qu'on aura de filer d'ici. Cette mégère ne va pas rester assise là toute la journée.

— C'est à espérer.

Mais les minutes passèrent, et il semblait de plus en plus probable que la femme avait l'intention de passer là le reste de la journée.

Ça devient grotesque, se dit Prue. *Et puis, ces odeurs de cuisine commencent à me rendre malade. Je n'ai tout de même pas fait ce voyage de mille quatre cents ans dans le passé pour me retrouver à plumer des faisans !*

— Écoute, souffla-t-elle soudain à Piper, je crois

qu'il vaut mieux passer au plan B. Tu te prépares à courir, pendant que moi j'essaie de faire diversion.

— O.K., je suis prête.

Jetant un regard discret autour d'elle, Prue repéra une pierre posée par terre, non loin de la porte. Elle se concentra, intima l'ordre à l'objet de s'élever de quelques centimètres, et d'aller cogner le mur derrière lui. La grosse femme tourna aussitôt la tête en direction du bruit.

Prue commanda alors au caillou de franchir le seuil, de façon qu'il soit hors de vue de la grosse matrone. Puis, de nouveau, elle lui fit heurter le mur mais à l'extérieur, cette fois.

Intriguée, la femme se leva, jeta un regard soupçonneux sur les deux sœurs qui faisaient mine de s'appliquer à leur ouvrage, et fit un pas vers la porte.

Dans le mille ! songea Prue avant d'ordonner une dernière fois à la pierre de taper le mur. Marmonnant quelque chose d'incompréhensible, leur gardienne se décida enfin à aller voir ce qui se passait de l'autre côté.

— On y va ! lança Prue à sa sœur qui planta là sa pâte à pain.

Un doigt sur les lèvres, elle fit un petit signe de silence à la gamine qui se tenait devant l'âtre, puis, Piper sur les talons, Prue traversa furtivement la cuisine jusqu'à la porte. Le dos tourné, occupée à inspecter les alentours, leur garde-chiourme ne les vit pas s'échapper de la cuisine.

Elles détalèrent à travers la cour boueuse puis, évitant la place où elles avaient rencontré la mégère, tournèrent sur leur gauche et s'éloignèrent en rasant le mur d'enceinte.

— Baisse la tête et ne regarde personne, recommanda Prue à Piper. Avec un peu de chance, on passera inaperçues.

Mais, justement, aujourd'hui ne semblait pas être leur jour de chance ! Elles se dirigeaient vers le bâtiment principal lorsqu'un soldat au visage rougeaud se planta devant elles. Dévisageant Prue, il lui dit quelque chose. Sans comprendre ce qu'il racontait, elle eut malgré tout une assez bonne idée de ce que suggéraient ses paroles.

— Oh, oh… murmura Piper. Là, on est mal !

S'efforçant de sourire, Prue articula d'une voix polie :

— Euh… pas tout de suite, je suis en pleines courses. Excusez-moi.

Comme elle tentait de passer, il s'interposa et afficha un vilain sourire édenté. Puis il la saisit par la taille et l'attira contre lui. Une fois encore, elle fut submergée par une odeur pestilentielle. Mais, cette fois, elle se révolta.

— Je n'ai pas le temps ! cria-t-elle avant de lui planter le genou dans l'entrejambe.

Laissant échapper un étrange grognement de douleur, le soldat lâcha Prue et se courba en deux.

— Un peu violent mais efficace, commenta Piper avant de prendre le galop.

Elles atteignirent enfin l'entrée de la tour carrée, fermée par un massif portail de chêne. Mais, avisant une ouverture à taille humaine pratiquée dans l'une des portes, Prue la poussa et, suivie de Piper, se glissa à l'intérieur.

Elles se retrouvèrent dans l'obscurité d'une immense salle dont le sol était jonché de paille. De longues tables flanquées de bancs en occupaient la plus grande partie. Au fond, on apercevait une estrade sur laquelle était placée une autre table, ronde, cette fois, entourée de chaises à hauts dossiers et d'un trône de bois sculpté.

— Ça doit être la salle des banquets, observa Piper. Et, là-bas, c'est la fameuse Table ronde, non ? Là, je reconnais que ça paraît déjà nettement plus sérieux.

— Et plus solennel, c'est sûr. On approche, Piper, on approche…

— Arrête, j'ai le cœur qui commence à battre.

Elles firent quelques pas, cherchant un escalier censé monter en haut de la tour. Il y avait plusieurs ouvertures sur les côtés mais, selon Prue, elles ne menaient qu'à des pièces plus petites, sans doute les appartements du roi et de ses chevaliers.

— Prue, viens là ! appela Piper. Je crois que j'ai trouvé quelque chose !

Elle venait de découvrir une petite porte, dissimulée derrière les tentures qui entouraient l'estrade. Prue la rejoignit et poussa le battant... qui ouvrait sur une cour intérieure. Quelques mètres plus loin, la tour leur apparut, dans toute sa majesté. Une autre petite porte, ouverte cette fois, semblait mener à un escalier de pierre, en colimaçon.

— Allons-y ! lança Prue malgré l'appréhension qui l'étreignait.

On est en mission, se rappela-t-elle pour s'encourager.

À l'intérieur, la tour n'avait pas de fenêtre, mais des torches en éclairaient la montée. Les deux filles commencèrent à grimper, Prue ouvrant la marche.

— J'espère qu'il est bien là-haut, après tout ce qu'on a traversé pour le voir ! dit Piper d'une voix nerveuse, que l'écho lui renvoya aussitôt.

— Chut, lui fit Prue, on n'est pas sûres de ce qui nous attend, en fait.

Les sens en alerte, elle s'arrêta soudain. Avait-elle entendu quelque chose dans l'obscurité, au-dessus d'elles ? Elles prêtèrent l'oreille quelques instants, mais un épais silence s'abattit dans l'escalier de pierre. Au bout d'un moment, Prue fit un signe à Piper, et elles reprirent leur ascension.

Peu à peu, ses pieds se firent lourds, et des

gouttes de sueur se mirent à perler sur son front tandis que, derrière elle, résonnait le souffle rauque de sa sœur.

Cette tour se révélait bien plus haute qu'elle ne l'aurait cru. À moins que ce ne soit le manque d'exercice ; depuis combien de temps n'était-elle pas allée à la gym ?

Ou alors – troisième possibilité – il y avait de la magie dans l'air !

Oui, ça ne pouvait être que ça ! Prue en avait la certitude, à présent. Hors d'haleine, elle leva la tête et aperçut, au sommet des marches, la haute silhouette d'un homme à la barbe grisonnante, vêtu d'une longue robe bleu nuit. Une chevelure blanche et mousseuse flottait autour de son visage au front immense, et des yeux noirs et perçants les observaient sous d'épais sourcils en broussaille.

Merlin !

— Oh… ! lâcha Piper qui venait de l'apercevoir à son tour.

Sans laisser le temps à Prue de prononcer la moindre parole, l'enchanteur articula quelques mots secs et, tout à coup, la jeune femme sentit ses pieds s'engluer dans la pierre.

Derrière elle, Piper ne put retenir un cri de peur.

Instinctivement, Prue mit en route son pouvoir. L'énergie qu'elle libéra alors aurait envoyé n'importe quelle personne normale voler au loin.

Mais Merlin vacilla à peine. Il lui accorda un

sourire méprisant et fit un petit geste de la main. Prue crut défaillir tant la pression était énorme contre son crâne. Sentant son cerveau près d'éclater, elle fit appel à tout ce qui lui restait d'énergie pour se libérer de l'irrésistible étau, mais rien n'y fit.

Elle était impuissante devant tant de force.

— Piper… souffla-t-elle, proche de la panique. Il… il est en train de neutraliser mes pouvoirs.

— Il pense qu'on cherche à l'attaquer. Il faut le convaincre du contraire – et vite !

Élevant la voix, elle ajouta :

— Nous ne sommes pas là pour vous faire du mal, Merlin. Nous avons besoin de vous. S'il vous plaît !

Le magicien aboya alors une question. Mais il s'exprimait dans le même langage sibyllin que tous les autres habitants de la forteresse ! Prue n'avait pas la moindre idée de ce qu'il pouvait lui demander.

— Nous ne parlons pas votre langue, hasarda-t-elle. Avez-vous un sortilège qui nous traduirait vos paroles…

Merlin articula d'autres mots, toujours aussi mystérieux.

— Nous ne saisissons pas votre langage ! insista-t-elle.

Le désespoir commençait à la gagner. Pourquoi tout semblait-il se retourner contre elles ?

L'expression du magicien se durcit, soudain. Il leva la main, et Prue vit qu'il tenait un long bâton de bois noueux, couvert d'étranges sculptures. D'un geste lent, il le dirigea vers les deux sœurs puis entonna une incantation.

Une réelle panique s'empara de Prue. Merlin allait les faire basculer dans le néant !

11

— Attendez ! hurla Piper. Nous sommes là pour aider votre fils, Niall ! Niall !

La voix de Merlin parut se figer dans l'air. Immobile, son arme magique toujours pointée sur les deux sœurs, il posa sur elles un regard interrogateur.

— Niall ! insista Piper. Votre fils !

Formant un cercle avec ses bras, elle imita une mère en train de bercer son enfant.

Lentement, Merlin abaissa son bâton puis descendit une marche de l'escalier. Il prononça alors quelques mots que les filles interprétèrent comme une question.

— Nous ne comprenons pas ce que vous dites, lui déclara Prue en secouant la tête et en touchant du doigt son oreille.

Il articula d'autres paroles insaisissables, puis fit un geste d'impuissance.

— Ça devient infernal, maugréa Prue. C'est le

plus grand magicien de tous les temps, et il n'a même pas de sortilège pour traduire ses paroles.

Merlin fit alors un geste de la main, et Piper sentit aussitôt ses pieds se désengluer du sol. Puis, d'un petit signe de l'index, il demanda aux deux filles d'approcher. Lorsqu'elles furent à sa hauteur, il se retourna et se dirigea vers la porte située au bout du palier.

Échangeant un regard surpris, Piper et Prue le suivirent. Et, alors qu'elles franchissaient le seuil derrière lui, elles eurent l'impression de pénétrer dans un autre monde.

La chambre de Merlin était un festival de couleurs tant elle regorgeait d'objets étranges, plus exotiques les uns que les autres : un miroir d'argent au cadre d'ivoire sculpté, une tapisserie de soie chinoise, un boulier d'onyx, un ensemble de gobelets à l'intense reflet bleuté.

De plus, par opposition à l'humidité qui régnait dans le reste du château, la pièce était tiède et lumineuse. Sans doute était-ce grâce aux multiples petites flammes blanches qui ornaient la base de chaque fenêtre.

— Un chauffage magique, souffla Prue. C'est cool, dis donc.

Çà et là, sur les chaises, les tables et autres coffres, s'empilaient des parchemins noircis d'écritures. Certains de ces écrits étaient runiques tandis que d'autres étaient tout simplement en bon vieux latin. Jetant un coup d'œil sur la pile la plus proche d'elle, Piper reconnut quelques mots tels que *Rex potentiam*, qu'elle articula à haute voix.

— Ça veut dire quelque chose comme « roi puissant », commenta-t-elle.

Merlin passa son bâton sur un des parchemins puis posa une autre question incompréhensible, dans laquelle Piper crut malgré tout saisir le terme *Romani*.

— Je crois qu'il nous demande si on parle latin, dit-elle à Prue.

Se tournant vers le magicien, elle répondit :

— Non, mais vous n'êtes pas loin.

Fronçant les sourcils, Merlin se gratta la barbe d'un air pensif. Puis il s'avança vers une autre pile de parchemins et les feuilleta en les éparpillant à droite et à gauche.

Un instant plus tard, il laissa échapper un cri de triomphe et brandit l'un d'eux sous les yeux des deux filles. Après l'avoir examiné en long, en large et en travers, du bout de son bâton, il traça quelques signes dans l'air et marmonna une longue série de mots.

— Un véritable exercice de diction, commenta Prue.

— Je vous l'accorde, lâcha soudain Merlin.

Devant la mine stupéfaite des deux filles, il laissa échapper un petit rire.

— Oui, à présent, je comprends votre langue barbare, déclara-t-il.

Puis, retrouvant son air grave, il ajouta :

— Maintenant, parlez, sorcières. Dites-moi par quelle sorte de magie vous connaissez le nom de mon fils qui n'est pas encore né.

— Vous ne semblez pas nous faire confiance, hasarda Piper.

— Vous êtes des sorcières.

— Oui, mais nous sommes du côté de la lumière, lui précisa Prue. Si nous sommes ici, c'est pour tenter d'aider votre fils.

— Comment peut-il avoir besoin de votre aide alors qu'il n'est point encore de ce monde ? Ma femme, Nyfein, m'a annoncé il y a trois jours seulement qu'elle portait mon fils. Et je ne lui ai pas encore parlé du nom que j'ai choisi de lui donner. Comment savez-vous ces choses ?

Nous voilà dans le vif du sujet… songea Piper en se mordant les lèvres.

— C'est que… nous venons du futur.

— D'un futur très lointain, précisa Prue. Près de mille cinq cents ans.

Bien qu'interloqué, Merlin articula d'une voix neutre :

— Continuez.

— C'est par un sortilège que votre fils a été amené à notre époque, expliqua Prue. Les gens qui ont fait cela veulent se servir de lui à des fins maléfiques.

— Des fins maléfiques… ?

— Oui. Lui seul peut leur procurer le pouvoir qu'ils recherchent.

Elle raconta alors au magicien comment les druides projetaient de donner un enfant à Diana par l'intermédiaire de Niall.

— Ils croient que le bébé héritera de vos pouvoirs… en double, ajouta Piper. Si Niall refuse de coopérer, ils le feront mourir. C'est pour cela que, ma sœur et moi, nous voulons l'aider à retourner dans l'époque à laquelle il appartient.

— Et nous croyons que vous êtes le seul à pouvoir le ramener ici, enchaîna Prue. Il nous a parlé d'une lettre que vous lui auriez adressée, dans laquelle vous disiez que, s'il se trouvait un jour perdu sur des terres étrangères, vous aviez écrit un sortilège destiné à le ramener chez lui.

— Moi, j'aurais fait cela ? s'étonna Merlin. Pourquoi lui aurais-je écrit une lettre ? Pourquoi ne lui en aurais-je pas simplement transmis les termes de vive voix ?

Les deux sœurs échangèrent un regard inquiet. Le sentiment d'incertitude qui planait ne les rassurait guère sur l'avenir de Niall. Merlin ne savait-il donc pas de quoi était fait le futur ? Ne savait-il pas que, bientôt, il disparaîtrait au fond d'une prison magique et qu'ainsi il ne rencontrerait jamais son fils ?

S'il ignorait tout cela, comment Prue et Piper pouvaient-elles le lui annoncer ? Si Merlin apprenait que son existence dans le monde réel touchait à sa fin, ne tenterait-il rien pour changer le cours du destin ?

Dans ce cas, il pouvait changer toute l'histoire.

— Je pensais que vous aviez le don de double vue, lui dit Piper avec prudence.

— Ah, je comprends, reprit le magicien. Vous croyez que je connais mon avenir. Il n'en est rien. Mais je comprends aussi que vous ne puissiez pas me révéler ce qui doit arriver. Continuez, je vous prie.

Piper poussa un long soupir puis poursuivit :

— En fait, nous avons retrouvé le sortilège que vous avez écrit pour Niall. Mais le problème est que des gens malintentionnés l'ont détruit avant que nous ayons pu nous en servir.

— Voilà pourquoi, ma sœur et moi, nous avons fait ce voyage dans votre époque. Pour obtenir ce sortilège directement de vous.

Merlin resta silencieux pendant un long moment. Puis, posant son bâton à terre, il alla prendre place sur une chaise haute, devant son écritoire. Les yeux clos, il se mit à réfléchir et rompit enfin le silence par cette question :

— Dites-moi, à quoi ressemble mon fils ?

Devinant de l'émotion dans sa voix, Piper fut saisie d'un brusque sentiment de sympathie pour cet homme.

— Il a de longs cheveux noirs, et ses yeux ont la couleur des vôtres, répondit-elle avec douceur. Il est puissant et très beau. Et… son cœur est loyal et bon.

— Vous pouvez être fier de lui, ajouta Prue avec un sourire.

— Ah… dit Merlin avant de replonger dans ses pensées.

Puis il saisit une feuille de parchemin vierge, trempa une plume d'oie dans un pot de liquide sombre et gluant, et commença à écrire.

— Est-ce que… c'est le sortilège que vous écrivez ? hasarda Piper.

— Oui, répondit-il sans lever la tête.

Il s'arrêta un instant, la plume en l'air, remuant les lèvres comme s'il travaillait sur une équation, puis se remit à écrire.

Un sourire passa sur le visage de Piper. Elles avaient réussi ! Elles avaient trouvé Merlin et étaient parvenues à lui faire admettre l'incroyable vérité. Bientôt, elles repartiraient avec la formule magique indispensable à Niall pour qu'il retourne dans son monde.

C'est alors qu'elle pensa à Phoebe. Elle allait être désespérée quand Niall la quitterait. Mais, que faire ? Personne n'avait le choix.

Il régnait à présent dans la chambre de Merlin un silence solennel. Seuls résonnaient les grattements de la plume contre le parchemin. Puis, soudain, des voix et des cris s'élevèrent, à l'extérieur, qui attirèrent Prue et Piper à la fenêtre.

Dehors, elles virent que les grandes portes s'ouvraient lentement. Cette fois, en plus du chariot chargé de blessés, il y avait une demi-douzaine de silhouettes encordées ensemble et gardées par une rangée de soldats armés de lances. Hurlant et jetant des pierres aux prisonniers, la foule essayait de s'infiltrer entre eux et leurs gardiens.

— Ce doivent être des prisonniers de guerre, observa Prue. Peut-être des Vikings, car ils sont tous grands et blonds.

— Ce sont des Saxons, corrigea Merlin en levant les yeux de son écritoire. Des envahisseurs venus de l'est, des barbares ignares. Pourtant, Arthur a beau être le plus grand chef de guerre de notre époque, ce seront eux qui finiront par triompher.

— C'est une prophétie ? demanda Piper.

Il eut un sourire las.

— Dans un sens, oui. Mais pas comme vous l'entendez. Je ne fais qu'énoncer une vérité, qui est claire pour celui qui sait regarder les choses en face. Ils sont beaucoup trop nombreux pour nous. Il en arrive sans cesse de toutes parts, et nous sommes fatigués de guerroyer. Nous n'avons joui que de quelques mois de paix depuis… je ne me rappelle même plus quand.

Lâchant un lourd soupir, il poursuivit :

— Arthur a pris le trône en promettant de nous apporter une nouvelle ère. Une ère de paix. Mais, même s'il y parvient, tout s'effondrera après sa disparition. Notre domination touche à sa fin. Ce n'est plus qu'une question de temps.

Piper regardait le magicien avec stupéfaction. Comment pouvait-il être si calme, parler sur un ton si tranquille, alors qu'il annonçait la chute prochaine de leur royaume.

— Mais parlons plutôt des problèmes que nous pouvons résoudre, reprit-il en descendant de sa chaise.

Il leur tendit le parchemin et déclara :

— Voici le sortilège que vous êtes venues chercher. Je vous sais gré de tenter d'aider mon fils.

Prue s'avança et accepta le précieux document.

— Avez-vous un message à lui transmettre ? lui demanda-t-elle.

— Non, je tiens simplement à vous remercier. Je crois que je lui transmettrai moi-même ce message. Une prophétie ne m'a-t-elle pas dit que je devais lui écrire une certaine lettre ?

En souriant, Merlin prit une autre feuille de parchemin et plongea sa plume d'oie dans l'encrier de terre. Puis il s'arrêta, le regard perdu dans le vague.

Piper fut alors saisie d'un frisson.

— Prue, tu te rends compte de ce qui vient d'arriver ? murmura-t-elle. Merlin n'aurait jamais écrit cette lettre si on ne lui en avait pas parlé. Tu imagines ? C'est comme si on avait pris un petit peu part à l'histoire ancienne.

— C'est vrai, reconnut-elle. Allez, viens. Il vaut mieux partir avant de faire une bêtise qui gâcherait tout.

Après avoir dit adieu au magicien, main dans la main, elles se mirent à chanter la formule magique qui devait les ramener dans leur époque. Autour d'elles, la pièce disparut peu à peu. Piper jeta un dernier regard à Merlin, penché sur son écritoire, sa plume courant lestement sur le parchemin.

Puis, la chambre de leur suite reprit forme devant leurs yeux, et elles retrouvèrent avec plaisir les bruits et les odeurs de la petite ville de Hay-on-Wye.

— Ouf ! lâcha Prue en se laissant tomber sur le divan. C'était chaud, quand même.

Elle se débarrassa de l'écharpe blanche qui lui ceignait la tête.

— C'est le moins qu'on puisse dire, reconnut Piper.

Récupérant sa montre sur la commode, elle s'exclama :

— Presque midi, dis donc ! On ferait mieux d'aller retrouver Niall et Phoebe, et de leur annoncer la… je n'ose même pas dire bonne nouvelle, parce que je ne sais pas s'ils vont aimer, en fin de compte.

— Écoute, on a fait de notre mieux. Et, une fois que Niall sera hors de danger, on pourra s'occuper de délivrer Mme Jeffries. Il ne faut pas l'oublier, ma pauvre petite fruitière.

À cet instant, elles entendirent le bruit d'une clé qu'on tournait dans la serrure. La porte s'ouvrit alors, et une femme en uniforme entra dans la suite en poussant un chariot de nettoyage. Lorsqu'elle aperçut les deux sœurs, elle s'arrêta net, la bouche grande ouverte de stupeur.

Qu'est-ce qu'elle regarde ? se demanda Piper. Puis, en découvrant son propre reflet dans le miroir, elle comprit. Pieds nus, le visage maculé de boue séchée, la robe tachée et déchirée, les cheveux en broussaille, sa tenue crasseuse n'était pas du meilleur effet.

— Oh… articula-t-elle, sans trouver les mots pour expliquer sa tenue.

— On fait de la lutte dans la boue, déclara Prue d'une voix calme. On fait partie d'une bonne équipe, aux USA, vous savez.

— Euh… oui, et on revient tout juste de notre entraînement.

— Très bien, dit la femme en reculant avec son chariot vers la porte. Je… je repasserai un peu plus tard.

— Oui, repassez tout à l'heure. On doit ressortir bientôt, de toute façon.

En une demi-heure, les deux filles avaient pris

leur douche et passé des vêtements décents. Elles achevaient de descendre au pas de course l'escalier de l'hôtel, lorsque Piper reconnut, assise dans un des fauteuils de cuir de la réception, une silhouette qui ne lui était que trop familière.

— Oh, non... se lamenta-t-elle. C'est Sir Andrew ! Cache-moi, s'il te plaît, Prue.

Le vieux monsieur prétendait lire un journal, mais elle voyait très bien que son regard était scotché aux portes de l'ascenseur. Il l'attendait. Les rares cheveux qui lui restaient sur le crâne étaient emmêlés comme s'il y avait longuement passé la main, et sa moustache paraissait avachie.

— Oh, cette histoire devient grotesque ! rétorqua Prue en tirant Piper par la manche. Viens, on file par le jardin. Il doit bien y avoir une porte de sortie, au fond.

Elles traversèrent l'allée bordée de rosiers puis arrivèrent devant un mur de briques, doté d'un petit portail en fer.

— Qu'est-ce que je te disais ? lâcha Prue. Et, en plus, il n'est pas fermé !

S'arrêtant brusquement sur le seuil, elle prit un air sévère et ajouta :

— Piper, quand on en aura fini avec ces druides, je veux que tu trouves le moyen d'annuler ce stupide charme d'amour. Franchement, je ne comprends pas comment tu as pu faire une ânerie pareille !

— Je sais, j'ai été idiote, reconnut-elle, la mine penaude. C'est un accident, voilà.

Après avoir descendu quelques rues, elles débouchèrent sur la place du marché où se trouvait le magasin Caer Wydyr. Soudain, alors qu'elles traversaient, Piper avisa Niall et Phoebe, assis à la terrasse d'un café. Ils se tenaient la main au-dessus de la table, et la jeune femme parlait avec animation.

— Ils ont l'air très heureux pour deux personnes dont l'existence est sur le point d'être bouleversée, commenta Prue.

Apercevant ses deux sœurs, Phoebe se leva d'un coup et courut à leur rencontre.

— Vous n'allez pas croire ce qui nous arrive ! s'exclama-t-elle. C'est hallucinant, on n'aurait jamais osé imaginer ça !

— Quoi, quoi ? demanda Piper, amusée de voir sa sœur dans un tel état d'excitation.

Elles rejoignirent la table où attendait Niall, le saluèrent et tirèrent deux chaises pour s'asseoir avec eux. Reprenant aussitôt la main de son compagnon, Phoebe lâcha :

— On a trouvé un antidote au sortilège des druides !

— Parle plus bas, lui dit Prue. Personne n'est obligé d'être au courant de ce qu'on fait ! Vous avez trouvé quoi ?

— Un antidote ! répéta-t-elle à voix basse. Un contre-charme, si tu préfères.

— Qu'est-ce que tu veux dire ? interrogea Piper. Vous avez trouvé une autre manière de renvoyer Niall dans son époque ? Parce que, Prue et moi, on…

— Non, non ! coupa Phoebe. Je parle d'un vrai antidote. Quelque chose qui va totalement annuler les conséquences du sortilège jeté par Diana.

Son regard passa rapidement de Piper à Prue, qui restaient muettes de surprise.

— Vous ne comprenez pas ? On peut s'arranger pour que Niall n'ait *plus besoin* de retourner dans son époque ! Il peut passer le reste de sa vie ici… avec moi !

12

— Attends un peu, lui dit Prue, tu veux répéter ?

— On avait la réponse sous le nez depuis le début, déclara Phoebe. Je n'arrive pas à croire que je ne voyais rien. J'étais vraiment nulle !

— Non, corrigea Niall. Tu es géniale, au contraire.

Ils échangèrent un sourire radieux.

— Bon, Phoebe, maugréa Prue, tu veux bien nous brancher, s'il te plaît ?

Une serveuse apparut et demanda aux deux jeunes femmes ce qu'elles désiraient. D'une voix impatiente, Prue commanda un lait glacé, et pour Piper, ce fut une limonade.

Dès qu'elle fut repartie, Phoebe se pencha au-dessus de la table et expliqua :

— O.K., voilà ce qui se passe. Vous vous rappelez que Diana a promis à Niall qu'il serait réduit en poussière, ce soir, aux douze coups de minuit ?

— Oui, répondit Piper.

— Eh bien, je me suis demandé ce qui se passerait si Niall se trouvait autre part, à ce moment-là. Est-ce que le sortilège marcherait ?

Prue haussa des sourcils surpris. Jamais elle n'avait pensé à ça.

— Donc, continua Phoebe, je me suis plongée dans plusieurs bouquins, chez Caer Wydyr. Ils disaient à peu près tous la même chose : si un sortilège doit se réaliser à une certaine heure, ça ne peut arriver qu'à ce moment précis… ou pas du tout. Alors, si Niall n'est pas là aux douze coups de minuit, le sortilège de Diana ne marchera pas !

— Si Niall n'est pas là… répéta Piper, sceptique. Phoebe, tu ne peux tout de même pas le jeter dans un avion en partance pour Tahiti. C'est évident que le sortilège de Diana doit être limité en distance, mais on ne peut pas en être certaines. Et puis, à quoi se limiterait cette distance ?

— Je ne parle pas de *distance*, insista Phoebe. Je parle de *temps*.

Prue était sidérée. Elle commençait à comprendre où sa sœur voulait en venir.

La serveuse revint alors, posa leurs boissons sur la table et s'éloigna. Phoebe continua :

— C'est simple, enfin ! Si Piper fige Niall dans le temps juste avant minuit et le libère juste après le douzième coup, il ne sera pas affecté par le sortilège ! Tout ce qu'il nous reste à faire, c'est de nous assurer que nos montres soient parfaitement à l'heure.

Piper voulut intervenir de nouveau, mais Phoebe l'en empêcha en lui brandissant son index sous le nez.

— Qu'est-ce qu'il y a en Angleterre, les filles ? L'observatoire de Greenwich ! C'est lui qui indique l'heure universelle. J'ai déjà appelé leur horloge parlante et j'ai mis ma montre à l'heure exacte.

Songeuse, Prue ramassait à la petite cuiller la mousse de son lait glacé. En y réfléchissant, l'argument de Phoebe tenait debout. Elle n'y voyait aucune faille. Et pourtant, quelque chose la tracassait encore, ce que Niall ne manqua pas de remarquer.

— Prue, je sais ce que vous pensez, lui dit-il. Phoebe m'a expliqué le danger de jouer ainsi avec le temps. Mais je ne représente pas plus qu'une petite goutte d'eau dans le fleuve de l'histoire. Je n'ai pas de famille, pas d'épouse, pas de parents. Personne ne sait que Merlin a eu un fils. Et je ne suis pas non plus l'un de ces chevaliers de la Table ronde. Je ne suis qu'un capitaine de galion ; mon nom n'apparaît dans aucune œuvre, chantée ou écrite.

Affichant un sourire doux-amer, il laissa tomber :

— Personne ne me regrettera ni ne portera mon deuil.

— Moi, si, observa Phoebe d'une voix triste.

Il posa sur elle un regard très doux avant d'ajouter :

— Mon cœur est ici, à présent. Je me sens chez moi, dans votre monde.

— Phoebe, dit alors Piper, je ne veux pas jouer les trouble-fête mais qu'est-ce que tu fais de ta vision ? Celle que tu as eue le jour de notre arrivée, juste après ta rencontre avec Niall.

— C'est vrai ! s'exclama Prue. Je l'avais oubliée, celle-là.

— Tu ne te rappelles plus le sentiment que tu as éprouvé, alors ? reprit Piper. Cette horrible sensation de perte qui t'a submergée. Cette vision voulait dire quelque chose, c'est certain. Quelque chose sur ton avenir.

— Je sais, admit Phoebe. J'y ai pensé, aussi. Mais, rappelle-toi, mes visions ne me disent pas ce qui *va* arriver ; elles me montrent ce qui *peut* arriver si je laisse faire les choses. Le futur est là pour être changé. Si on a le courage et le pouvoir de le faire, bien sûr.

Elle se pencha en avant et prit les mains de ses sœurs.

— S'il vous plaît, les filles, j'ai une réelle chance de bonheur qui s'offre à moi. Dites-moi que vous marchez avec moi.

Prue se mordit la lèvre. Il lui semblait malgré tout que Niall et Phoebe jouaient avec le feu. Mais avait-elle le droit de s'interposer alors que cela semblait tellement compter pour eux ? Et, au moins, c'était les yeux grands ouverts qu'ils se lançaient ainsi dans le futur.

Serrant les doigts de Phoebe, elle déclara :

— On est avec toi, petite sœur. Quoi qu'il arrive, on sera à tes côtés.

— Oui, je suis d'accord, dit Piper.

— Merci, murmura Phoebe, vous êtes super.

Il y eut un moment de silence, puis Prue sortit de son sac le parchemin que lui avait remis Merlin, et le tendit à Niall.

— J'imagine que vous n'en aurez plus besoin, maintenant. Mais gardez-le avec vous, on ne sait jamais. Votre père, c'était quelqu'un.

— Merci, souffla Niall.

Il examina longuement les runes calligraphiées le matin même par le magicien, puis roula le parchemin et le glissa dans la pochette qui pendait à son cou.

— Merci à vous, Prue et Piper, répéta-t-il. Merci pour tout ce que vous avez fait.

— Attendez, lança alors Prue, on n'a pas tout à fait fini. Il nous reste un gros problème à régler, vous vous souvenez ?

— Mme Jeffries ! lâcha Piper. C'est vrai, il faut absolument la sauver !

— Bien sûr, reprit Niall. Que puis-je faire pour vous aider ?

Prue n'eut pas à réfléchir longtemps. La réponse était évidente.

— Il faudrait que vous nous serviez d'appât, Niall. J'aimerais que vous entriez en contact avec Diana. Laissez-lui croire qu'elle a gagné, que vous allez vous rendre à sa cérémonie, prêt à faire ce qu'elle exige de vous.

— Et ensuite ?

Prue regarda ses sœurs et eut un sourire grave. Il était temps de faire appel au Pouvoir des Trois.

— Ensuite… nous nous chargeons toutes les trois de prendre la relève.

— C'est là-bas, derrière ces arbres, murmura Piper. Il y a deux grandes pierres debout, au milieu de la clairière. J'imagine que c'est une sorte d'autel qui servait aux druides, dans les temps anciens.

— Ces pierres levées sont les lieux où les druides pratiquent leur magie, expliqua Niall à voix basse. Elles sont construites pour attirer le pouvoir sur la terre, pour le canaliser et l'apprivoiser, en faire un outil plutôt qu'une force souvent trop puissante et peut-être destructrice.

— Ils doivent être en train de préparer un feu, remarqua Piper en humant l'air. Oui, là-bas, je vois une lueur orange.

— Cela fait partie de leur cérémonie, confirma

Niall. Ils jettent dans le feu le géant de paille… dans lequel est enfermée leur victime.

Phoebe ne put réprimer un frisson d'horreur.

— Mais, cette fois, ils ne réussiront pas, déclara Prue sur un ton ferme.

Le soleil venait de se coucher. Un magnifique ciel rougeoyant s'étalait derrière les arbres, tandis qu'à l'est, les premières étoiles apparaissaient déjà.

En file indienne, le petit groupe progressa prudemment vers la clairière. La scène qu'ils découvrirent alors les figea sur place.

Un bûcher était érigé entre deux pierres gigantesques, et le feu brûlait si fort que Phoebe en percevait la chaleur de là où ils se tenaient. Une femme portant une longue tunique blanche s'avança alors et jeta sur le foyer une brassée de branches aux feuilles vertes et luisantes. Une gerbe d'étincelles monta vers le ciel, et l'air s'emplit d'une puissante odeur parfumée.

— C'est du gui, murmura Niall. Une des plantes sacrées qu'utilisent les druides pour leurs rites.

Les yeux de Phoebe s'arrêtèrent tout à coup sur une silhouette élancée, vêtue d'une robe orange vif. C'était Diana, la grande prêtresse, qui allait présider à la cérémonie.

Sa longue chevelure auburn lui pendait souplement dans le dos, un châle de soie mauve était glissé sur ses épaules, et une écharpe de mousseline vert pâle lui ceignait le cou. Les yeux clos, elle avait le visage tourné vers le ciel qui commençait à s'assombrir. Autour d'elle, plusieurs femmes s'affairaient pour arranger les pans de sa parure.

Pouah ! songea Phoebe. *Elle se croit en pleine tragédie de Racine, ou quoi ?*

Derrière elle, Prue souffla :

— Je vois le géant de paille. Il est là, sur la droite.

Phoebe se tourna et aperçut, au fond de la clairière, l'énorme mannequin, gardé par deux hommes en tunique blanche.

Fait de branchages encore garnis de leurs feuilles, le géant était construit comme un homme, avec deux jambes et un torse épais. Il ne possédait ni bras ni tête, et Phoebe eut la désagréable impression qu'il se dégageait de lui quelque chose de maléfique. De nouveau, elle frissonna.

— Mme Jeffries se trouve sûrement à l'intérieur de ce monstre, murmura Prue. Elle doit être terrifiée, la pauvre.

— Je crois qu'il est temps d'en finir, dit soudain Niall avant de lâcher la main de Phoebe. Piper, êtes-vous prête ?

— Oui, souffla-t-elle.

Elle s'avança sans bruit jusqu'à la lisière des arbres, puis murmura :

— Je vais m'approcher au maximum de ce géant. Tout ce que vous aurez à faire, ensuite, ce sera de distraire ce petit monde pendant quelques secondes, le temps pour moi de figer les gardes et de libérer Mme Jeffries.

Elle commença alors à se frayer un chemin à travers les arbres, vers l'autre bout de la clairière.

Se tournant vers Phoebe, Niall lui glissa à l'oreille :

— Sois prudente, ma chérie.

Il lui déposa un rapide baiser sur la bouche, lui caressa la joue et, d'un pas décidé, sortit de sous les arbres.

Comme il pénétrait dans la clairière, un silence de mort s'installa parmi les officiants. Diana ouvrit les yeux et, en apercevant Niall, arbora un sourire triomphant.

— Me voilà, annonça-t-il sur un ton de défi.

— Je vois, répliqua la prêtresse.

— Avant d'accomplir ce que tu attends de moi, cependant, je voudrais une garantie de ta bonne foi. Comment puis-je avoir l'assurance que tu tiendras ta promesse de me renvoyer dans le monde qui est le mien ?

Partant d'un puissant rire de gorge, elle répondit :

— Très cher Niall, te crois-tu vraiment en position d'exiger des promesses ?

Diana s'avança vers le fils de Merlin, lui passa un doigt sur la joue, ce qui fit frémir Phoebe. Puis elle ajouta, sur un ton méprisant :

— Ta vie est entre mes mains, ne l'oublie pas.

— Je vois Piper, murmura soudain Prue. Elle vient de figer les deux guignols qui gardent le pantin de paille. Maintenant, elle essaie de comprendre comment s'ouvre cet engin.

Les yeux rivés sur la scène qui se déroulait au milieu de la clairière, Phoebe acquiesça d'un air absent.

D'un geste brusque, Niall repoussa la main de Diana.

Bien fait ! songea Phoebe malgré elle.

— Ce que tu dis est peut-être vrai, articula-t-il, mais je possède ce que tu rêverais d'avoir, aussi. Quelque chose que tu désires de toute ton âme.

Le sourire de Diana disparut un instant, puis revint se poser sur son visage cruel.

— Niall, mon cher, ne sais-tu pas que je suis folle de toi ? roucoula-t-elle en lui posant les paumes sur le torse. Il est bien évident que je ne te laisserai pas mourir de cette horrible façon.

— Dis-moi pourquoi je devrais te croire, reprit-il sur un ton plus doux.

Voyant les poings de Phoebe se serrer violemment, Prue lui souffla :

— Arrête de stresser, tu ne vois pas que Niall fait durer la chose pour donner du temps à Piper ?

— Aaaah, je ne pourrai pas supporter ça longtemps ! maugréa-t-elle.

C'est alors qu'un mouvement, au fond de la clairière, attira son attention.

— Regarde, là-bas ! dit-elle à Prue.

Dans la pénombre, elles aperçurent Piper soutenant une silhouette aux cheveux gris, vêtue d'un sarrau bleu. Comme si elle avait deviné leur regard, Piper se tourna vers elles et hocha la tête. Un instant plus tard, les deux femmes disparaissaient entre les arbres.

— Elle est même en avance, c'est génial ! s'extasia Phoebe. On peut y aller, Prue ?

— O.K., tu es prête ?

— Et comment !

Les deux sœurs émergèrent alors des bois pour venir se planter devant le bûcher.

— Wouah, un barbecue ! s'exclama Phoebe. J'espère que vous nous avez gardé un peu de marshmallows grillés !

Estomaqués par cette apparition, les druides restèrent parfaitement immobiles. Le visage tordu de colère, Diana se mit alors à hurler :

— Encore ces stupides amateurs ! Je commence à me lasser de vos interventions, vous savez ! Quelqu'un va-t-il me maîtriser ces deux créatures ? Je suis vraiment entourée d'incapables !

D'un pas hésitant, trois hommes vêtus de blanc s'avancèrent vers les importunes.

— Ah, non, on n'approche pas ! lança Prue avant de les envoyer, d'une chiquenaude, valser dans les airs.

Diana écarquilla des yeux effarés.

— Je pense que, pour des amateurs, on est assez bonnes, non ? lui jeta Phoebe.

— Mais attrapez-les, bandes d'idiots ! glapit Diana. Attrapez-les avant qu'elles gâchent tout !

D'autres hommes s'avancèrent, mais manifestement de mauvais gré. Ils avaient l'air terrifié.

De nouveau, Prue les envoya voler à l'autre bout de la clairière.

— Prue ! Phoebe ! retentit soudain la voix de Niall. Attention, derrière vous !

Elles firent volte-face tandis que d'autres figures sinistres émergeaient à présent des bois… mais qui se figèrent comme par miracle.

Débouchant à son tour de sous les arbres, Piper se frottait tranquillement les mains.

— Quelqu'un d'autre serait intéressé par un petit repos forcé ?

— Oh, cool ! s'écria Phoebe, enchantée de la tournure que prenaient les événements.

Puis elle vit le reste des druides qui s'éparpillaient à travers bois, le visage blanc de terreur.

Mais où avait disparu Diana ? Cette femme était trop dangereuse. Il ne fallait pas la laisser s'échapper.

Phoebe l'aperçut alors, debout contre l'une des pierres levées, les bras dirigés vers le ciel, en train de psalmodier quelque sortilège à voix basse. Derrière elle, les rocs commençaient à vibrer et à prendre une lueur verte.

— Prue ! appela-t-elle en lui indiquant la prêtresse.

— Oh… soupira-t-elle, il y en a qui ne comprendront jamais rien.

Les doigts tendus, elle pointa les mains sur Diana. Aussitôt, tel un serpent, l'écharpe qu'elle portait au cou s'enroula autour de son bras, progressa vers sa main puis s'éleva dans l'air pour aller chercher l'autre membre.

Les deux poignets à présent liés l'un à l'autre, Diana cessa brusquement son incantation. Considérant avec horreur l'écharpe qui continuait de l'enserrer peu à peu, elle ouvrit la bouche pour crier, mais Prue décida d'agir sur son châle mauve. Qui se glissa entre ses lèvres et la bâillonna.

Muette et impuissante, la grande prêtresse ne put que jeter aux trois sœurs un regard chargé de haine.

— Très artistique, Prue ! Bravo ! s'exclama Phoebe sur un ton admiratif.

— Incroyable ! lâcha Niall, fasciné.

— Merci, répondit Prue.

Puis elle se retourna et lança :

— Tout va bien de ton côté, Piper ?

— Impeccable, répondit-elle. À part que Mme Jeffries a l'air complètement perdu. La pauvre, elle a trop galéré, ces dernières heures.

— On pourra peut-être lui jeter un petit sortilège qui lui fera tout oublier, suggéra Phoebe. Parce que ce n'est pas le genre de situation qu'elle aura du plaisir à se remémorer.

— Tu m'étonnes, commenta Prue. Mais on a encore un problème à régler, avant ça. Ces pierres peuvent se révéler très dangereuses si une personne malintentionnée apprend à les contrôler.

— Oui, reprit Piper, il vaudrait mieux faire en sorte que personne ne les utilise – d'une bonne ou d'une mauvaise façon.

Niall vint prendre le bras de Diana et l'entraîna à l'écart pendant que Prue, Phoebe et Piper s'approchaient des pierres levées. De près, ces rocs géants leur paraissaient presque vivants, telles deux présences menaçantes.

Placées en cercle, les *Charmed* se prirent les mains. Puis, lentement, Prue entonna une incantation purifiante qui lui venait du *Livre des Ombres*. Piper et Phoebe se joignirent à elle, et leurs voix s'élevèrent au-dessus du bûcher.

Alors, elles prononcèrent les dernières paroles du sortilège :

En ce lieu, en cette nuit,
Purifiez ces pierres,
Ramenez-les à la lumière.
Par le Pouvoir des Trois,
Ramenez-les à la lumière !

Un craquement terrible retentit, aussitôt suivi d'un autre, tout aussi sinistre. Deux sombres failles apparurent au pied de chacune des pierres, desquelles jaillirent deux colonnes verdâtres, pointant vers le ciel comme deux doigts accusateurs.

Puis la lugubre lueur s'estompa avant de disparaître totalement. Les trois sœurs regardèrent en silence les longues craquelures dans le roc se refermer d'elles-mêmes.

En quelques minutes, tout fut terminé. Les pierres levées avaient repris leur forme initiale, mais avaient aussi perdu leur allure menaçante.

— Voilà, articula Phoebe au bout d'un moment. On a fini, je crois.

Elle consulta sa montre. Dix heures passées. Encore à peine deux heures, et Piper devrait figer Niall. Elle s'avança vers l'endroit où il se tenait, à côté de Diana. Anéantie par son combat perdu, celle-ci restait immobile, comme prostrée.

Phoebe passa un bras autour de la taille de Niall et lui murmura :

— On a réussi, tu vois ?

— Je vois, répondit-il en souriant. Cela me donne une petite idée de ce que seront les années que je m'apprête à passer avec toi !

— Les années… répéta-t-elle, pensive.

Des années entières avec l'homme de sa vie ! Un pur bonheur !

Penchant la tête, elle ferma les paupières et lui offrit ses lèvres pour recevoir son baiser.

Mais, alors qu'ils s'embrassaient, une vision soudaine la submergea avec une rare violence. Elle sentit son corps secoué de part en part, et ses yeux s'exorbitèrent.

— Oh, non ! s'étrangla-t-elle. Non !

13

Des images floues et saccadées se succédèrent dans le cerveau de Phoebe. Elle voyait la place du marché de Hay-on-Wye. Mais, au lieu des boutiques et des terrasses de cafés, c'était la cour des miracles que lui offrait sa vision.

Ici, des enfants squelettiques jouaient dans le caniveau, là, un mendiant suppliait qu'on lui fasse la charité, plus loin, des vendeurs à la criée proposaient une marchandise de misère.

Quant au petit cottage de Mme Jeffries, ce n'était qu'une ruine, dont le jardin, jadis si bien tenu, était jonché de carcasses de voitures rouillées. L'hôtel Trelawney avait complètement disparu et, à sa place, ne restait qu'un terrain vague, au milieu duquel s'écoulait un ruisseau d'eau noirâtre.

Puis la ville de San Francisco s'imposa à son esprit. Un San Francisco quasi méconnaissable. Plus aucune couleur ne décorait les façades des maisons, et les habitants étaient tous vêtus de noir.

Quant aux panneaux de signalisation, ils étaient écrits en espagnol !

Comme un film d'avant-garde, la vision plongea vers la cathédrale de Washington Square. Puis le plan s'élargit sur le square entier, où une foule regardait un prêtre en soutane superviser de la façon la plus solennelle la flagellation d'un homme. Celui-ci était debout, comme écartelé entre deux poteaux, et chaque coup de fouet sur sa peau résonnait cruellement aux oreilles de Phoebe.

— Non ! cria-t-elle. Non, arrêtez ça !

— Phoebe ! Phoebe !

Peu à peu, elle se rendit compte que des mains la secouaient, qu'une voix l'appelait avec insistance.

Enfin, elle ouvrit les yeux et découvrit Niall, qui la considérait d'un air épouvanté. Derrière lui, elle aperçut Piper et Prue.

— Que s'est-il passé ? demanda-t-il. Cela me rappelle ce qui t'est arrivé le jour où je t'ai rencontrée. Mon Dieu… aurais-tu eu une autre de ces visions ?

Trop perturbée pour prononcer une parole, Phoebe dut se contenter de hocher la tête. Sa vision avait un rapport avec Niall, elle en était certaine, car elle lui était tombée dessus à l'instant où elle l'avait touché. Mais que signifiait-elle ?

Une sourde angoisse s'immisça en elle. Avait-elle vraiment envie de savoir ?

— Phoebe, qu'est-ce que tu as vu ? lui demanda Piper.

L'espace d'un instant, elle fut tentée de lui répondre « rien », mais elle savait que ses sœurs ne la croiraient pas. D'autre part, une *Charmed* était toujours tenue de dire la vérité.

Elle se décida donc à tout leur raconter. Puis, quand elle eut terminé, un lourd silence s'installa.

— Je ne comprends pas, dit-elle au bout d'un moment. Je sais ce que vous pensez, toutes les deux, c'est évident. Mais qu'est-ce que Niall a à voir avec tout ça, après tout ? Ce n'est quand même pas sa présence ici qui va chambouler la tranquillité de Hay-on-Wye et la transformer en une cité de misère ! Ou bien, qui va faire de San Francisco une ville sous le joug de l'Inquisition espagnole !

— Phoebe, intervint doucement Prue, peut-être que ce n'est pas sa *présence*, le vrai problème.

— Peut-être que c'est son *absence* dans le passé qui crée le vrai problème, ajouta Piper en lui posant une main sur l'épaule.

— Ce qui veut dire que… je changerais l'histoire en ne retournant pas dans le passé ? interrogea Niall d'une voix blanche.

— Ça m'en a tout l'air, en tout cas, affirma Prue.

— Mais peut-être que ce n'est pas vous, après tout, reprit Piper. Vous nous dites que vous n'êtes mentionné dans aucun livre d'histoire mais, peut-être que vos enfants ou petits-enfants le sont.

— Non ! s'écria soudain Phoebe. Non, non, non ! Il peut y avoir des milliers d'autres explications ! Je regrette mais je refuse d'accepter tout ça ! Je refuse !

Tout comme elle refusait, d'ailleurs, de croiser le regard de ses sœurs, car elle savait ce qu'elle y devinerait : de la pitié.

— Diana a fait des recherches sur mon lignage, annonça brusquement Niall. Ou, au moins, a-t-elle dû le faire pour créer le sortilège qui m'a amené ici. Tout se trouve là-bas, dans son appartement. Je ne m'y suis pas intéressé car j'avais peur de découvrir à quel point ma vie était insignifiante. Mais, aujourd'hui, je crois que j'accueillerais avec plaisir cette insignifiance.

Phoebe se tourna vers Diana, qui lui renvoya un regard vide.

— On y va ! déclara Prue.

Une demi-heure plus tard, ils se retrouvaient tous dans le petit bureau de Diana. Auparavant, Prue avait ramené Mme Jeffries chez elle et l'avait mise au lit, en lui jetant un sortilège qui devait lui faire oublier son cauchemar.

Allongée sur le divan, Diana dormait… grâce aux bons soins de Piper, afin que les *Charmed* puissent opérer en toute tranquillité.

— Tenez ! dit Niall en tendant à Prue un mince dossier. Selon Diana, cela contient toute ma vie.

En le feuilletant, Prue vit que plusieurs pages étaient couvertes de l'écriture large et ronde de Diana.

— On dirait qu'elle a trouvé un site Internet qui retracerait la généalogie d'éminentes familles galloises, commenta-t-elle. Vous n'êtes pas aussi insignifiant que ça, Niall. Apparemment, vous êtes marié et vous avez quatre filles.

Phoebe sursauta, à ces mots. Prue la regarda un instant puis se replongea dans sa lecture.

— Selon les recherches de Diana, votre fille aînée, Gwyneth, a épousé un seigneur de la région, Rhys of Penarth.

— Le fils d'Idris, mon frère adoptif ! s'exclama Niall. Une bonne âme, malgré son caractère impétueux.

— Ils ont eu deux fils, continua Prue avant de froncer les sourcils.

Quelque chose ne collait pas.

— Mais l'un d'eux est mort à l'âge de neuf ans, et l'autre est entré au monastère en l'an 617. La lignée de Rhys s'arrête ici. Les terres des Penarth sont allées à la sœur de Rhys et sa famille.

— Ce qui fait que Niall n'a eu aucun descendant par Gwyneth, remarqua Piper. Mais, et les trois autres filles ?

Prue feuilleta rapidement le reste des documents.

— Diana n'a rien trouvé sur ce qui a pu leur arriver, déclara-t-elle. Gwyneth est la seule dont on ait des traces – sans doute parce qu'elle a épousé quelqu'un de la noblesse.

— Alors, dit Phoebe en croisant les bras, on n'a toujours pas de réponse à nos questions. Qu'est-ce qu'on fait, maintenant ?

— Phoebe, je sais que c'est terrible pour toi, lui répliqua Piper, mais il faut voir les choses en face. Même si on ne sait pas forcément pourquoi, on est sûres que le fait de garder Niall ici altère le cours de l'histoire. C'est bien ce que ta vision a montré, non ?

— Ne dis pas ça, rétorqua-t-elle d'une voix tremblante. Je me rends parfaitement compte de ce qui se passe. Mais je voudrais une explication plus précise, tu comprends ? Si Niall doit retourner dans son époque, je veux savoir *pourquoi*.

Phoebe était au bord des larmes, et Prue était malade de la voir dans cet état.

— Essayons d'une autre façon, proposa-t-elle alors. Qu'est-ce qu'il y avait dans la vision de Phoebe qui semblait si différent de notre réalité ? Si on arrive à le trouver, on pourra peut-être travailler à rebours et découvrir ce qui a causé tout ça.

— *Tout* était différent, marmonna Phoebe. San Francisco ressemblait à l'Espagne du Moyen Âge, et Hay, c'était Calcutta.

— La Californie a été colonisée par les Espagnols, leur rappela Piper. Peut-être qu'ils ont réussi à s'y accrocher, au lieu de la perdre au profit des Américains.

— Possible, reconnut Prue. Mais comment est-ce que ce serait arrivé ? Et quel rapport tout ça peut bien avoir avec Hay ? Il doit exister un point commun.

Niall, qui les écoutait sans rien dire, choisit alors d'intervenir.

— L'Angleterre n'a-t-elle pas aussi colonisé l'Amérique, à une époque ? J'ai lu quelque chose là-dessus, dans un livre d'histoire que m'avait donné Diana.

— C'est vrai, lui dit Prue. Et alors ?

— Eh bien, peut-être s'est-il passé quelque chose avec l'Angleterre, suggéra-t-il. Des événements qui lui auraient fait perdre richesse et puissance.

— Vous avez raison, lâcha Prue. Ça expliquerait la terrible pauvreté que Phoebe a vue à Hay, ainsi que la présence espagnole à San Francisco. Peut-être l'Angleterre n'a-t-elle tout bonnement pas eu les ressources nécessaires pour coloniser le Nouveau Monde.

Surexcitée par cette nouvelle idée, elle poursuivit sur un ton de plus en plus animé :

— Et la source des richesses et de la puissance de l'Angleterre, c'était la mer ! Entre la Royal Navy et la flotte marchande, les navires anglais contrôlaient complètement les océans.

— Alors, enchaîna Piper d'une voix lente, s'il arrivait quelque chose à l'industrie navale anglaise, l'Angleterre pouvait ne jamais devenir une grande puissance mondiale. Wouah, c'est chaud, quand même !

— Niall est capitaine de navire, remarqua Prue. Il vivait sur la côte. Il était logique qu'au moins un de ses descendants devienne marin, lui aussi.

— Oui, mais ça ne nous avance pas plus, objecta Phoebe. Si l'histoire de Niall a bien quelque chose à voir avec l'industrie navale anglaise, on ne sait toujours pas ce que c'est.

— Attends, dit Prue avant d'allumer l'ordinateur de Diana. Il ne faut pas négliger Internet, notre magicien à nous ! Il y a eu quelques périodes clés dans l'histoire maritime, et entre autres, celle de l'Armada espagnole.

— L'Armada espagnole… ? répéta Niall sur un ton étonné.

— Oui, l'Invincible Armada, lui expliqua Phoebe. C'était une immense flotte envoyée par l'Espagne pour attaquer l'Angleterre, en 1588. Ils cherchaient à envahir ce pays pour placer leur roi, Philippe, sur le trône. Mais les Anglais ont résisté et les ont battus.

— À plate couture, précisa Prue, surprise des connaissances que pouvait montrer sa sœur, parfois.

— Si l'Espagne avait réussi à conquérir l'Angleterre, continua-t-elle, elle serait devenue la première puissance maritime au monde. Ce qui aurait sans doute bouleversé le cours de l'histoire future.

— Pourtant, reprit Phoebe, et avec tout le respect que je te dois, Niall, si la flotte anglaise a battu les Espagnols, c'est surtout grâce à la chance. La moitié de l'Armada avait été décimée par plusieurs tempêtes avant d'atteindre les mers anglaises, et, quant à l'autre moitié, elle avait fait naufrage au large des côtes d'Irlande. À l'arrivée, il faut reconnaître qu'il ne restait plus grand-chose des navires espagnols.

— Tu es sûre que c'était dû à la chance ? interrogea Prue. Il ne faut pas oublier qui était le père de Niall.

— Tu veux dire que la défaite de l'Invincible Armada aurait quelque chose à voir avec la magie ? demanda Piper d'une voix étranglée.

— Je dis que ça ne coûte rien de chercher de ce côté, rétorqua-t-elle en tapant sur le clavier. Ah, voilà : *Invincible Armada*. On y va.

Ses deux sœurs s'approchèrent tandis que l'écran commençait à afficher une liste de sites susceptibles de les intéresser. Une liste si impressionnante que Phoebe grogna :

— Non, mais je rêve ! Il y en a plus d'une centaine ! C'est hallucinant, on ne pourra jamais les visiter tous !

— Il est onze heures passées, intervint alors Niall sur un ton poli. Il faut nous dépêcher, à présent, si je ne veux pas me retrouver à l'état de cendres à minuit.

— Ne dis pas ça, Niall ! s'exclama Phoebe en le serrant contre elle. Même pour plaisanter... je ne trouve pas ça drôle.

Tout en se baladant dans le premier site historique proposé, Prue devait reconnaître que Phoebe avait raison. Elles n'y arriveraient jamais ! Comment dégoter un descendant à Niall si elle ne possédaient même pas son nom ? En espérant qu'elles cherchaient au bon endroit, ce qui n'était pas certain.

Elle cliqua sur le deuxième site. Encore plus de texte. Sir Charles Howard, comte de Nottingham, avait commandé la flotte britannique au cours de sa bataille contre les Espagnols... Prue cliqua sur son nom. Était-il un descendant de Niall ? C'était peu probable. Nottingham se trouvait tout à fait à l'est des Midlands, et la famille Howard y vivait depuis des siècles.

Le troisième site qu'elle ouvrit était une sorte de galerie d'art, sans doute créée par un mordu d'histoire, qui s'intéressait de près à l'Invincible Armada. *La seule collection au monde entièrement consacrée aux représentations de l'Armada et de ses protagonistes clés*, lut-elle à haute voix.

— Encore un qui se la joue, maugréa Phoebe.

— On peut toujours jeter un coup d'œil, dit Prue en cliquant sur l'icône traitant de Sir Charles Howard.

Le tableau s'assembla lentement sur l'écran, et finit par dévoiler un portrait de famille. Le maître des lieux, un homme pâle, mince, aux cheveux blonds et épars, était assis sur une chaise à haut dossier en bois sculpté. Il portait un pourpoint de velours bleu, sous une cape de fourrure.

À la gauche de Sir Charles Howard, apparaissait son épouse, une femme brune, qui serrait un bébé dans ses bras. Aux pieds du couple se trouvaient trois petits enfants, ainsi que deux chiens à l'allure majestueuse.

Prue allait passer au site suivant quand Phoebe poussa un cri. Puis, la main sur la bouche, les yeux écarquillés, elle articula :

— Mon Dieu, Niall, regarde cette femme ! Elle te ressemble trait pour trait !

Tout le monde se colla le nez à l'écran pour examiner de plus près Lady Mary.

— Tu as raison, finit par dire Prue. Elle a vos yeux, Niall. Et sa chevelure noire et bouclée, c'est la vôtre… Les gars, on a trouvé le descendant de Niall Oldman ! À part que c'est *une* descendante.

— Et une sorcière, ajouta Piper. Observe-la bien. Elle a un regard méfiant. Elle cache certainement un secret.

— Maintenant, on sait pourquoi la si fière Armada a échoué, commenta Prue.

— Hé, pas si vite, reprit Phoebe. Si on suppose que cette Mary Howard est bien la je-ne-sais-combien-de-fois arrière-petite-fille de Niall, qu'est-ce qui nous fait dire que c'est une sorcière et qu'elle a coulé l'Invincible Armada ? On n'a aucune preuve !

— Phoebe, dit doucement Niall en lui posant les mains sur les épaules, tu sais comme moi que c'est la vérité. Même si cela semble incroyable, c'est ainsi. Depuis l'instant où nous avons cherché un contre-charme pour me garder ici, j'ai tout fait pour me persuader que cela marcherait. Mais, au fond de moi, il restait cette petite voix qui m'assurait que je rêvais. Que cela ne pouvait pas durer.

Il lâcha un profond soupir puis ajouta :

— On ne peut pas se servir de la magie pour changer l'ordre naturel des choses. C'est ce que Diana et ses druides ont tenté de faire, sans succès, tu l'as vu. Et, même si nous avions des motifs différents, nous n'aurions pas davantage réussi.

Les yeux pleins de larmes, Phoebe articula :

— Mais je ne peux pas supporter l'idée de te voir retourner dans le passé… pour en épouser une autre. Je ne veux pas te perdre.

— Moi non plus, je ne veux pas te perdre, Phoebe. Mais, si nous nous sommes aimés, nous ne pourrons pas nous perdre.

Prue regarda sa montre. Minuit moins sept. Prenant Piper par la main, elle lui souffla :

— Viens, on les laisse tranquilles deux minutes.

Elles se retrouvèrent dans le salon, où Diana dormait toujours sur le divan.

— Qu'est-ce qu'on va faire d'elle ? demanda Piper.

— Rien. Elle ne représente plus aucun danger, maintenant qu'on a réduit les pierres à néant. C'est de là qu'elle tirait ses pouvoirs.

— Alors j'imagine qu'elle va devenir pour de bon la cinglée mystique que son propriétaire voyait en elle.

La porte du salon s'ouvrit soudain avec un petit clic, et Phoebe apparut. Seule.

Elle était pâle et ses joues étaient mouillées de larmes. Mais elle paraissait calme.

— Il est parti, annonça-t-elle simplement. Il s'est servi du sortilège de Merlin pour retourner dans son passé. Et ça a marché.

Dong ! Quelque part dans l'appartement de Diana, une horloge se mit à sonner. Il était minuit juste.

Prue s'avança vers Phoebe et lui passa un bras autour du cou.

— On sait comme ça fait mal, petite sœur, lui dit-elle. Mais, crois-en l'expérience de quelqu'un qui est passé par là, tu guériras.

— On t'aidera, ajouta Piper en lui prenant la main.

— Merci, murmura Phoebe. Vous savez, je pensais… avec toutes ces filles que Niall a eues, il y a peut-être des dizaines de ses descendants qui se baladent dans le coin, aujourd'hui. Des centaines, même.

Elle arbora un immense sourire avant de demander :

— D'après vous, c'est possible que certains d'entre eux soient des hommes ? Des célibataires ?

Prue se mit à rire. Sa sœur faisait certainement un gros effort pour plaisanter comme ça. Mais, au moins, elle essayait. C'était bon signe.

— Je reconnais bien là notre petite Phoebe, l'encouragea-t-elle. Allez, viens. La nuit ne fait que commencer.

— Attendez une minute, lança Phoebe devant le bureau de la réception. Qu'est-ce que j'ai fait de mon passeport ? Je crois que je l'ai laissé dans la chambre… Ah, non, il est là !

— Ça vaut mieux, lui dit Prue, tu en auras peut-être besoin à l'aéroport.

Après avoir réglé leur note d'hôtel, les trois sœurs s'apprêtaient à quitter le Trelawney lorsqu'une voix familière appela :

— Piper ! Ma chérie, enfin !

— Oh, non… soupira-t-elle en apercevant Sir Andrew qui se précipitait vers elle.

— Où partez-vous ? lui demanda-t-il. Pourquoi n'avez-vous pas répondu à mes messages ? Vous avez bien reçu mes fleurs ? Et mes petits mots ?

Chérie, ne savez-vous pas combien j'ai besoin de vous ?

— Je n'y crois pas, murmura Prue. Piper, tu ne devais pas régler ce petit problème ?

— Si, si… souffla-t-elle avant de sortir de son sac à dos un sachet en plastique.

Lorsqu'elle l'ouvrit, une épouvantable odeur d'ail pourri s'en échappa.

— Pouah ! s'exclama Phoebe. Je ne m'assieds pas à côté de toi dans l'avion. Qu'est-ce que c'est que ça !

— Un antidote, répondit-elle.

Elle dénicha ensuite un bouquet broussailleux, fait d'herbes plus malodorantes les unes que les autres, qu'elle avait passé l'après-midi de la veille à récolter.

Comme le vieil homme s'approchait d'elle, Piper lui brandit les plantes devant le visage et, en souriant, lui déclara :

— Sir Andrew, quel plaisir de vous voir !

— Piper, je…

Il s'arrêta net et huma l'air autour de lui.

— Grands dieux, quelle est cette puanteur !?

— Oh, vous voulez dire mes fleurs ? rétorqua-t-elle en les lui collant sous le nez. Leur parfum est plutôt inhabituel, n'est-ce pas ?

Sortant de sa poche un mouchoir immaculé, il recula, toussa, manqua de se prendre un pied dans le tapis puis courut vers la porte. Il n'avait plus qu'une idée : fuir Piper. Qui s'obstinait pourtant à le suivre.

— Sir Andrew, je suis désolée de ne pas avoir répondu à vos messages, mais j'ai été un peu… disons, dépassée par les événements. Je ne suis qu'une petite Américaine, et vous, vous êtes un…

Qu'est-ce qu'il était, au juste ? Comte ? Baron ? Elle l'ignorait.

— Enfin, continua-t-elle, je voulais vous dire… si vous voulez poursuivre notre romance, je suis très intéressée. Et j'aimerais beaucoup dîner avec vous ce soir.

— Oui, euh… toussa-t-il avant de virer au cramoisi. À la vérité, je venais vous dire que… que je suis appelé pour des affaires urgentes. Des affaires de famille. Je quitte la ville cet après-midi et, hum… je venais vous dire adieu.

— Oh… lâcha Piper en simulant la déception.

Surtout ne pas regarder Prue et Phoebe, sinon elle éclaterait de rire. L'antidote avait marché du tonnerre !

— Bien, dit-elle d'une voix boudeuse. Je comprends…

— Dans ce cas, je vous souhaite un bon voyage de retour. Adieu, mademoiselle.

Un instant plus tard, Sir Andrew avait disparu.

— Ouf ! souffla-t-elle. Je n'aurais pas supporté cette odeur une seconde de plus.

— C'est vrai que ça fouette les narines, ton bouquet magique, commenta Prue. En tout cas, bravo, Piper. Tu as fait du beau travail.

— Un de ces jours, il faudra qu'on écrive un livre sur nos vies, observa-t-elle en souriant.

— Oui, un de ces jours, répliqua Phoebe. Quand on sera vieilles et qu'on aura encore plus d'histoires à raconter. Mais, pour l'instant, je crois qu'on devrait se fixer un rythme de vie… un peu plus tranquille, vous ne croyez pas ?

— Tu as raison, reprit-elle avant de prendre ses deux sœurs par le bras. Allez, venez, on rentre chez nous.

Achevé d'imprimer sur les presses de

BUSSIÈRE

GROUPE CPI

à Saint-Amand-Montrond (Cher)
en février 2002

FLEUVE NOIR
12, avenue d'Italie
75627 Paris Cedex 13
Tél. : 01-44-16-05-00

— N° d'imp. 20862. —
Dépôt légal : mars 2002.

Imprimé en France